禁断のパンダ(上)

拓未 司

宝島社
文庫

宝島社

禁断のパンダ（上）　目次

〈登場人物〉

柴山幸太《しばやまこうた》　〈ビストロ・コウタ〉のオーナーシェフ

柴山綾香《あやか》　幸太の妻

中島弘道《なかじまひろみち》　元料理評論家

木下義明《きのしたよしあき》　木下運輸の社長

木下麻紀《まき》　義明の妻、弘道の長女

木下貴史《たかし》　義明・麻紀夫妻の息子

木下美佐《みさ》　貴史の妻

ルイ・ヴァンサン　〈ハーバー・チャーチ〉の主任司祭

石国《いしぐに》努《つとむ》　〈キュイジーヌ・ド・デュウ〉の天才シェフ

原田《はらだ》淳一《じゅんいち》　〈キュイジーヌ・ド・デュウ〉のコック

松野《まつの》庄司《しょうじ》　木下運輸の事業部長

山崎《やまざき》大輔《だいすけ》　神港物産の社長

青山《あおやま》篤志《あつし》　兵庫県警察本部の刑事

本多《ほんだ》　青山の上司

禁断のパンダ（上）

第一章

1

ステンドグラスから差し込む外光によって、礼拝堂内は霧のような淡い明かりに満ちていた。祭壇前には、その光と白い祭服を纏《まと》って神々しく輝く司祭の姿があり、その足元では、二人の信徒が寄り添うように膝を付いていた。彼らは目を閉じ、平和の賛歌であるアニュス・デイの祈りを主に捧げていた。

「神の小羊、世の罪を除きたもう主よ、我らを憐《あわ》れみたまえ。神の小羊、世の罪を除きたもう主よ、我らを憐れみたまえ。神の小羊、世の罪を除きたもう主よ、我らに平安を与えたまえ」

祈りを終えると、司祭は跪《ひざまず》く信徒たちに向けて口を開いた。

「神の小羊の食卓に招かれたものは幸い」

司祭の言葉に合わせ、信徒たちも口を開く。

「主よ、あなたは神の子キリスト、永遠の命の糧《かて》、あなたをおいて誰のところに行きましょう」

祭壇上には、水と小麦粉だけで作られた円形のパン、ホスチアと聖杯に注がれた赤ワインが供えられている。それらはすでに、司祭の唱えによって聖体に変化している。

司祭が腕を伸ばし、ホスチアを無造作につかみ取った。

「二年もの長い間ご苦労やった。わしの教えも今日で終わりや。お前たちは、これから主の定めた道を歩まなければならん。必ず道は開くやろう。迷わず行けばええ」

そう言うと、司祭は慣れた手付きでホスチアを三つに裂き、聖杯の中に満たされた赤ワインの中にその内の一片を浸した。そして、口を鯰《なまず》のように大きく開けると、赤黒く染まったホスチアを舌でねっとりと巻き取った。

数回咀嚼《そしやく》を繰り返した後、司祭は喉を鳴らし、言った。

「来なさい」

信徒たちは揃って立ち上がると、同じ歩調で司祭の目の前に並んだ。慈《いつく》しむような微笑みを見せた後、司祭は自らの手で彼らにも赤黒いホスチアを食べさせた。

「恐れはないか」

司祭の言葉に、信徒の一人は即座に頷《うなず》いた。

「ありません」

だが、もう一方の信徒は唇を固く結び、弱々しく目を伏せていた。司祭の瞳に失望の色が浮かぶ。

「何を恐れることがあるんや。お前はわしの教えに耳を傾け、主の肉と血であるパンとワインを欠かさず口にしてきた。お前の内に主はあり、主の内にお前はある。恐れることは何もない」

「わかっております。ですが……」

「ですが、何や」

「……いえ、何でもありません」

司祭は憐れむような顔で、静かにかぶりを振った。

「残された時間はわずかかや、急がなあかん。その重要性は理解しとるな」

「……もちろんです」

「手筈に揺るぎはないんやろうな」

「はい。奴の方から話があると振ってきましたので、呼び出すのは容易《たやす》かったです」

「えらい幸運やないか。主の風がお前に吹いている証拠や」

その言葉に、頼りなかった信徒の目に力が宿った。

「やっぱりそう思われますか、私も同じ思いです」

「お前だけでは心許ない。わしも同行しよう」

信徒は両手を組み合わせ、心酔したように顔を震わせた。

「恐れ多いお言葉に感謝いたします。力強いことこの上ありません」

「主のおぼし召しや」

司祭は両腕を大きく広げた。その影が、まるで黒い十字架のようになって信徒たちの頭上を覆う。そして、短く言い放った。

「ミサは終わった。行け」

2

パイプオルガンの美しい音色が響き渡っていた。それを奏でている楽器と演奏者の姿は見当たらない。録音された音源をオーディオ機器で再生して、どこかに隠されているスピーカーから流しているだけなのだろうが、それでも、高い天井によって生み出される長い残響のせいか、それは厳粛な礼拝堂の雰囲気とあいまってとても神秘的に聞こえる。

柴山幸太《しばやまこうた》は、短く深呼吸をして表情を引き締めた。

壁一面に連なるキャンドルの炎は薄暗い礼拝堂の中で幻想的に揺らめき、真紅のバージンロードを祭壇へと導いている。その先にそびえる、高さ五メートル近くはあると思われる、巨大な三連のステンドグラスの見事な色彩と輝きに圧倒され、思わず身がすくみそうな緊張感を覚えてしまう。

新郎側の親族友人たちは、バージンロードを中心に祭壇に向かって右側、新婦側は左側の席に座ることになっている。幸太は新婦側、最前列から数えて五列目の席に、妻の綾香《あやか》と共に座っていた。前の四列を占めているのは皆、新婦の親族たちだった。

「すごいな」幸太は綾香に囁《ささや》いた。「レストランに併設されてるチャペルやから、もっとしょぼいもんやと思ってたわ。えらい本格的やんか」

ほんまや、と綾香は正面を向いたままで答えた。同じ様に、彼女もこの厳かな空間に圧倒されているようだった。

「堅苦しい式ちゃうから気軽に来て下さいね、って美佐《みさ》が言ってたからな、私もこんなに豪華なチャペルやなんて思ってもなかったわ。めっちゃ素敵。こんなんやったら、もっとお洒落なドレス選ぶんやったわ。幸太は知らんかもしれんけど、クローゼットの奥にしまってんねんで。もっとスリムで格好いいやつ」

愚痴《ぐち》る綾香の腹に、幸太は目を向けた。

「どっちみち無理やろ。こんなんしか着られへんのちゃうか」

「わかってるわ。ちょっと言ってみただけやんか」

拗《す》ねた顔を向けると、綾香はマタニティドレスから大きくせり出した自分の腹を両手で包み込み、中にいる存在をあやすように優しく撫《な》ぜた。

「この子が出てくるまでの辛抱や。あと二ヵ月、待ち遠しいわ」

幸太は苦笑した。

「待ち遠しいのはどっちや、お洒落することか、この子が誕生することか」

「そんなん決まってるやん」綾香は楽しげに笑う。「この子が無事に誕生して、私が格好いいママになることや」

「何や、どっちもかい」

「欲張りやねん、私は。幸太も知ってるやろ」

「そやな」

鼻で笑うと、幸太は丸く膨れた妻の腹にそっと手を置いた。砂時計のように美しくくびれていたウエストの面影は消え失せ、今や酒樽《さかだる》と化してしまったその中からは、尊い鼓動が伝わってくる。とても大切で、愛おしい鼓動が。

「楽しみやな」目を細める幸太に、綾香は同意する。

「ほんまやね。めっちゃ楽しみ」

その眼差しには、母性が満ち溢れていた。幸太は顔を上げ、三連のステンドグラスに描かれている左端の物語を眺めた。そこには、腕の中にいる幼いイエス・キリストに優しい瞳を向ける聖母マリアがいた。綾香の姿が、それに重なった。


六月に友達の結婚式があるから一緒に行かへんか、と綾香が提案してきたのは、新しい希望に満ちた花たちが咲き誇り、太陽が霞空の奥に隠れることの多くなった四月上旬のことだった。

幸太はその提案に気乗りがしなかった。理由の一つに、結婚する時山《ときやま》美佐という女性のことを自分自身がよく知らない、ということが挙げられる。記憶の片隅に存在していたのは彼女の名前だけで、顔を思い浮かべることがまったく出来ない。おそらくは、綾香との会話の際に数回彼女の名前を耳にしたことがあったのだろう。

いくら妻の親しい友人といえども、面識のない人間の結婚式に参列するのは、見知らぬ土地の会合に単身乗り込むような居心地の悪さを想像して、どうしても腰が重くなる。

俺も行かなあかんか、という幸太の返答に、綾香は口を尖《とが》らせた。

「妊婦を一人で行かす気なん？　結婚式のあるときには八ヵ月になんねんで」

「誰も付いていってくれへんのか」

「だって、美佐の他の友達って誰も知らんもん。言うたことあるやろ、前にバイトしてたカフェで知り合ったたって。夫婦で経営してる小さい店やったからさあ、バイトは私と美佐だけやってん。共通の知り合いって言うたら、その夫婦くらいのもんやねん。そやけど、式には親族と親しい友人しか呼ばへん、って言うし……」

「相手は？　その子と結婚する相手のことは知ってんのか」

「ちょっとだけね。彼氏やねん、って紹介されて挨拶《あいさつ》した程度。そやから、名前が木下《きのした》くんってことと、顔しか知らへん。若いけど、しっかりした子やったわ」

「そうか……」幸太の心の内が曇った。

どうにも悪い流れだった。身重の妻を一人で行かすわけにはいかない。このままだと、否応なしに参列させられることになりそうだった。

人見知りする性質《たち》のせいか、結婚式などの祝い事に代表されるような、人が大勢集まる席というのは大の苦手だった。実は、これが気乗りのしない理由の大半を占める。親しい友人から招待状を受け取ったときでさえ、真っ先に頭を過《よ》ぎってしまうのは、いかに相手の気分を害さずに参列しないで済むか、という思いだった。

綾香にも似たような性質があるのと、お互いに派手なことを嫌う性格のため、一年前の二人の結婚の際に式は挙げなかった。市役所に婚姻届を提出し、近所の割烹《かっぽう》料理店で親族だけのささやかな披露会を催した以外には、これといって何もしていない。

ただ、綾香には妙に義理堅いところがあり、ごくごく親しい間柄の人間が主役のときには喜んで参列する。今回がそのケースだった。今までにも同様のケースが数回あったが、そのときには綾香と一緒に参列してくれる友人がいた。

「その……美佐さん、か？　その子とお前は、そんなに仲がいいんか」

「うん」綾香は即答した。「私より四つも年下やねんけど、これまたしっかりしてんねん。いつも色々相談に乗ってもらってな、私のほうが年下みたいやわ」

「ふうん……」

「そやから、幸太が行かへんって言うても、私は一人でも行くで」

夫の胸中を見透かした言葉に、幸太は小さくため息をつくと、覚悟を決めた。

「場所はどこや」

「ハーバーランドにある、海の見えるチャペルやって。名前も聞いたんやけどね、忘れてもうたわ。何やったかなあ……隣にレストランも一緒にくっ付いてるとこらしいねんけど、ハーバーランドってあんまり行かへんから知らんねん」

幸太の心がざわめき、陽光が差した。

「もしかして……あそこか！　ハーバー・チャーチやろ！」

「あっ、そうそう、そうや。そんな名前やったわ。幸太は知ってるんや」

「まあな。二年くらい前に新しく出来たとこや。それやったらあれか、披露宴はそのくっ付いとるレストランでやるんか」

綾香はこくりと頷いた。

「そうみたい。それで、どうする。行く気はあるん？」

しゃあない、と幸太は力強く言った。

「綾香のために一肌脱いだるわ。一緒に行ったる」

「ほんまに？　結婚式は日曜日やから店も閉めなあかんで。大丈夫？」

「おう、一日くらいええやろ。その日は間違って予約取らんようにせなあかんな」

「ほんまに無理やったら別にええねんで、うちのお母ちゃんに頼んだら付いてきてくれるやろうし。美佐にも何回か会ったことあるしね」

「無理なことあるかいや、お前の大事な友達が結婚するんや。少々の無理くらいは放っといて、ちゃんと祝ったらなあかん」

手の平を返した幸太の態度を訝《いぶか》りながらも、綾香は嬉しそうだった。

「じゃあ美佐に返事してまうで。旦那と二人で行くって」

「おう、ええぞ。任しとけ」幸太は自信たっぷりに頷いた。憂鬱《ゆううつ》な思いは一転して、心待ちにするものへと変わった。

気乗りのしていなかった幸太を一瞬のうちに心変わりさせ、ときめかせたのは、海の見える素敵なチャペルなどではなく、そこに併設されているフレンチレストランだった。

〈Cuisine de Dieu　キュイジーヌ・ド・デュウ〉

フランス語で、神の料理、を意味する屋号の付いたそのレストランは、幸太がその料理を味わってみたいと強く願う店の一つだった。場所は神戸ハーバーランドの象徴的存在である複合商業パーク〈モザイク〉の北側、道路を隔てた向かい側にあった。

神戸ハーバーランドとは、神戸市中央区の海に面した町、東川崎町一帯にある臨海複合商業地域の名称である。観光都市として名高い神戸を代表する観光スポットであり、夜景の美しいデートスポットとしても人気がある。

施設や店舗によって経営状態にばらつきがあるのか、いつの間にやら施設名が違う名称になっている、あったはずの店が新しい店に変わっている、ということはざらで、地元民の間では変化の多い地域としての側面も知られている。

現在〈キュイジーヌ・ド・デュウ〉が併設されているチャペル、〈ハーバー・チャーチ〉がある場所にも、かつては大手の電器屋が建っていた。それからたった五年ほどの間に、電器屋から生鮮食品スーパー、そしてチャペルへと目まぐるしく変貌《へんぼう》を遂げている。

実は、幸太は綾香が子を身ごもった祝いとして、彼女を驚かそうと内緒で〈キュイジーヌ・ド・デュウ〉に予約の電話を入れたことがあった。だが、そのときは半年も先まで予約でいっぱいだと断られ、泣く泣く諦めていた。今回の結婚式の誘いは、半年間待たずとも披露宴でその料理が味わえる絶好の機会だった。

「目当ては料理やろ」

二ヵ月後の宴に早くも思いを馳せ、その想像にうっとりと浸っていた幸太に、綾香が鋭い言葉を寄越した。あまりにも核心をついた発言に、彼はうろたえた。

「な、何がや」

「結婚式のことや。私のためって言うてるけど、それ嘘やろ。ほんまは披露宴で出される料理に興味があるんやろ。そこのレストランってそんなに有名なんか?」

「そ、そんなわけないやろ。た、確かに有名な店やけど、俺はそんなんやなくても行くっていうつもりやったで。腹のでかいお前を一人には出来ひんからな」

「ふうん……まっ、ええけどね」

綾香はそう言うと、温度の低い目をして肩をすくめた。それから結婚式当日までの二ヵ月間、幸太は週に一度は彼女から、妻より料理か、と嫌味を言われ続けた。


若くして独立開業をしたい、という夢を持っていた幸太は、関西屈指のフレンチレストランである、神戸北野ホテルのメインダイニング〈アッシュ〉を、七年間の修業の後に退職した。二十五歳という年齢が商売繁盛の枷になるとはまったく思わなかったし、腕には自信もあった。休日にたまたま訪れた場所でテナント募集の張り紙を目にした瞬間に、心は決まった。決定打となったのは、その立地条件だった。

その物件は、通称、ヤマカン、と呼ばれる阪神山手幹線道路よりも少し北側、中央区中山手通の一角に建つ、古いマンションの一階にある路面店だった。更に北側に行くと、観光地として名高い異人館の立ち並ぶ北野町があり、ヤマカンを越えた南側には、年中参拝客で賑わう生田神社と、連日買い物客でごった返す東急ハンズを中心とした、三宮の歓楽街がある。

観光地と歓楽街の喧騒《けんそう》に挟まれたその一帯は人出が少なく、とても穏やかな空気が流れている。そのために、十数軒ほど点在している飲食店のほとんどは厳しい経営を強いられているが、幸太はそういった場所でこそ勝負をしてみたかった。他の誰かが作った料理ではなく、柴山幸太という料理人が作った料理を味わうために、わざわざ足を運んでくれる客で賑わう店にしたかった。

十坪ほどの広さしかない小さな物件だったが、自分一人で料理を作ることが可能な、普段使いの出来る、リーズナブルなビストロスタイルのレストランを理想としていた幸太にとっては、うってつけの大きさだった。開業資金は、独立を夢見てこつこつと貯めていた金と親からの援助金を合わせ、足りない分は国民金融公庫から借りた。

〈ビストロ・コウタ〉と名付けたその店は、最初の一年間こそ客の入りが芳しくなく苦労したものの、地道な努力を重ねて四年経った現在では、界隈で一番の人気店へと成長して連日満席で賑わっている。願いは叶い、幸太は店を成功させた。

妻の綾香と出会ったのは、店を構えてから二年後、幸太が二十七歳で綾香が二十四歳のときだった。二人の関係は、店の主人とその客という関係から始まった。

ランチタイムに一人で来店した彼女は、カウンター席の端に座ってメニュー表を覗き込むと、すぐにオープンキッチンの厨房で忙しく料理を作っていた幸太に向けて身を乗り出した。注文を取りにいこうとしていたホールスタッフには目もくれなかった。

「ねえ、お兄さん。全部食べたいんやけど、どうしたらええやろか」

「えっ？　ええと、全部って、ランチ全部ってことですか」

「うん、四種類の中から選ぶんでしょ。それ全部食べてみたいんやけど」

「ええと、そうですねえ……」本日のパスタランチである、自家製サルシッチャのラグーソース・タリアテッレを皿に盛りながら、幸太は答えた。

「四回来店して頂くか、四名様で来られて皆さんで取り分けてもらうしか……はい、パスタランチ二つは一番テーブルさん」

忙しさをアピールするように、わざと大きめの声を出した。

最初、幸太はこの女性客の冗談だと捉え、笑顔で軽く受け流そうと思った。だが、彼女は本気だった。

「だって、今のメニューってどうせよく変わるんでしょ？　次に来たときになかったら食べられへんやないの。私は今日のランチメニューを全部味わってみたいの。でもね、そんなにたくさん食べられへんやろうし、お金も少ししかないの。だからお兄さんに相談してるんやけど……」

確かに、昼夜問わずにメニューは変更していた。極めて客に評判の良かった料理でさえも、次の日にはメニューから消えている、なんてことはざらだった。その日の仕入れ状況や自分自身の気分もあったが、最大の理由は、常に驚きを用意したい、という幸太の料理人としての信念であった。

訪れる度に違った料理があり、そしてその全てが美味しい。そんな楽しく活気のある店にしたかった。店外に掲げるメニューの料理名がころころと変われば、店の前を通りかかるだけであった人間たちも、いつか必ず興味を示して来店してくれると考えていた。そのために、メニュー表は印刷せずに、幸太が自分の手で毎日書いていた。

困った様な顔をして考え込む彼女に、幸太も困っていた。特定の客だけに特別扱いをする行為はしたくなかった。次にオーダーの入っている、鱸《すずき》の炭火ロースト・初夏野菜添えを作るために、カウンター席に背を向けて鱸の身を炭火で炙《あぶ》りながら、何て我がままな女や、と苦々しく思ったが、不思議なことに、何とかしてあげたいという思いも持っていた。いつもならば少しも浮かんでこない感情である。

〈ビストロ・コウタ〉のランチメニューには、パスタ、米、魚、肉と四種類のメイン料理があり、それぞれにパンとサラダを加えて一緒に盛り付けるワンプレートスタイルで提供していた。ただし、米料理にはパンは付かず、サラダが少し豪華になる。食後のデザートやコーヒーはセットにせず、追加料金制にしていた。

口に出しては言わないが、四種類全てをワンプレートで出してくれ、というのが彼女の希望であることはわかっていた。が、それを許してしまうと、他の客の手前良くなかったし、今後もずっとそれを希望されそうな気がした。正直、手間も時間もかかるので、忙しいランチタイムで出す料理としては不向きな代物だった。

「そしたら」と考えた末に幸太は振り向いて言った。「四種類それぞれ少しの量で盛り付けさせてもらいます。でも、特別ですよ。今回限りでお願いしますね。それに、少し時間がかかりますがよろしいですか」

「ほんま？　ありがとう」

にっこりと満面の笑みを咲かした彼女の顔を見て、幸太はこの女性客が自分好みの美人であったことに初めて気が付いた。可愛い笑顔に胸が少し高鳴った。

しかし次の瞬間、幸太の淡い高鳴りはすぐに消し飛び、苦々しい思いだけが残ることとなった。彼女は言った。

「今回限りっていうのはしゃあないけど、時間がかかるのは勘弁してほしいわ。私、ちょっと急ぎやねん。悪いけど、頑張って急いで作ってね」

幸太は耳を疑ったが、これは自分に対する挑戦状だと考えることにし、猛烈なスピードで動いた。他の客の料理と並行して彼女の特別ランチを同じスピードで作るのは至難の業だったが、彼はそれを神がかり的な動きでやり遂げた。今までの料理人人生の中で最も集中し、最も手が早かったのはこのときかもしれない。

四種類の料理が見事に盛り付けられた皿の上を、一滴のソースも残さずに綺麗に片付けた後、彼女は感嘆の声を漏らした。

「めっちゃ美味しかったわ。お兄さん天才やわ」

それ以来、彼女は〈ビストロ・コウタ〉の常連となった。言葉を交わすに従って二人は自然と親密な関係になり、愛を深めていった。そして、初めて出会った日からちょうど一年後の同月同日、二人は入籍することとなる。その年の終わりには、彼女の身体が妊娠九週目を迎えていることがわかり、幸太はますます仕事に身が入った。

仕事と家庭、共に順調だった。

今、幸太は、心の底から幸せと思える人生を歩んでいた。


幸太はふと、バージンロードの向こう側、新郎の親族が占めるはずの席が、最前列を除いて全て空いていることに気が付いた。

新郎新婦それぞれの友人一同は、共に五列目から着席するように指示されている。その新郎側の席、二列目から四列目までの間には、誰の姿もなかった。

「なあ」幸太は綾香の耳元に口を寄せた。「何であそこの席だけ空いてるんや。遅れてるんか」

綾香は幸太の視線の先を一瞥すると、ああ、と気のない声を出した。

「やっぱり来なかったんやね」

「やっぱり、って、どういうことや」

「あのね……」綾香は声を潜めた。「美佐から聞いたんやけどね、木下くんのお母さんって相当きつい人らしくて、親戚一同から嫌われてるっていうか、何や対立してるんやって。結婚式の招待状も、親戚連中には送らんでええ、って言うてはったみたいやけど、木下くんがそれを無視して強引に送ったらしいねん。自分の両親以外に親族が誰も祝福に来えへんのは、伴侶《はんりょ》である美佐と、わざわざ遠いところから祝福に来てくれる美佐の親族に対して失礼やって。でもね、今日まで何の返事もなかったらしいねん。そやけど、木下くんの親族ってみんな地元やから、来ようと思ったらすぐにでも来れるんやわ。もしものために、一応席は取っとくんやってさ」

「ふうん……」幸太は首を捻った。「美佐さんの出身地って、どこなんや」

「北海道」

「そりゃ遠いわ。嫁の親族は北海道から神戸まで来てくれるのに、自分の親族はすぐ傍に住んでるくせに誰も来えへんってか。新郎さんも大変やな」

「そやねん。何や可哀相やね」

「何で対立しとんや」

「そんなん知らんわ。美佐もようわからへんみたいやったよ」

「そうか……」

幸太は、新郎側の席の最前列に顔を向けた。

黒い着物を纏って金色の帯を締めた女性が、顎《あご》を上げ、背筋をピンと伸ばしている姿が見えた。裾の部分には鶴と梅をあしらった、何とも華やかな模様が入っている。歳の頃は四十代後半くらいだろうか。目鼻立ちがくっきりと整った美形だが、全体的に吊り上がって見える顔からは、厳しく冷たい近寄り難い印象を受ける。確かに、見た目からでも、きつい、という言葉がぴったりと当てはまるようだった。隣には、猫のように背を丸め、礼拝堂内の豪華な調度品に落ち着きなく目を走らせている、鶏ガラのように痩せ細った男が座っていた。

「あそこに座ってるってことは、あの高級クラブのママさんみたいな人が、新郎さんのお母さんってことやろ。そしたら、隣におるあのしょぼいおっさんがお父さんか」

「そうや。決まってるやん」

「何や、えらい対照的な夫婦やな。あのおっさん、えらい小さくなってるけど、思いっ切り嫁さんの尻に敷かれてるんちゃうか。そんなに怖いおばはんなんかな」

ふふ、と綾香は微笑むと、視線を前方に向けた。

「それくらいにしとき。始まるで」

綾香の声に、幸太は姿勢を正した。白い祭服を着た、恰幅《かっぷく》の良い年老いた外国人の司祭が正面の祭壇に姿を現していた。パイプオルガンの音色が止み、ざわめいていた礼拝堂の空気が静まり返る。

「親愛なる皆様、神は、御自分の似姿として男と女を創造された時、彼らの本性の中に一つの召命《しょうめい》を刻印されました――」

祭壇上のマイクスタンドを通して、流暢な日本語が聞こえた。外国人特有の訛《なま》りが全然ないことに驚いた。日本人の喋る言葉そのものにしか聞こえない。しかも、アクセントは関西弁のものだった。

「――それは、愛と交わりの能力と責任感です。そしてそれは、結婚生活という形を通して、自分自身の存在と人間としての最も深い真理を具体的に生き、実現されるものなのです。人間的愛の契約である結婚というものは、外部から付け加えられた組織や、歴史的な産物などではありません。その愛の内部から湧き出る要求によって、男と女が相互に与え合う、言わば必然的なものなのです。私は今更ながらに神に感謝します。何故ならば、木下貴史《たかし》、時山美佐、この男女に恵みと救いがもたらされる素晴らしい日に、神の使徒として立会い、宣言することが出来るのですから」

司祭は眩しそうに目を細めると、少し小高い場所に位置している祭壇からゆっくりと参列者たちを眺め回した。彫りの深い顔に刻み込まれた無数の皺と、胸元に刺繍された十字架のせいであろうか、その瑠璃《るり》色の瞳からは、慈悲深くも尊い、知的な輝きを感じる。

「私は、新しく夫婦となる彼らと共に、結婚の恵みを主に感謝します。そして、順境にあっても逆境にあっても、その召命に忠実であるように呼びかけ、祈ります。どうか親愛なる皆様方も祈って下さい。イエスはおっしゃいました。結ばれた二人はもはや別々ではなく一体である。神が結び合わせて下さったものを人は離してはならない、と」

司祭は胸の前で両手を組むと、目を閉じ、頭を少し下げた。

一瞬、司祭が何をしているのか、幸太にはわからなかった。が、綾香に肘で小突かれてすぐに理解した。他の参列者たちに遅れること数秒、幸太は慌てて両手を組み合わせ、生まれて初めて西洋式の黙禱《もくとう》を神に捧げた。

数秒後、司祭は目を開けて微笑むと、両腕を大きく広げた。

「さあ皆様、起立してお迎え下さい。新郎新婦の入場です」

その言葉を合図に、パイプオルガンの演奏が始まった。さっきまで流れていた曲とは違う曲調だった。幸太は身体の重い綾香の手を引き、揃って腰を上げた。

「アヴェマリアね」綾香が呟く。

「何や？　今流れてるやつか」

「そうや、良かったわ。ワーグナーとかメンデルスゾーンの結婚行進曲やったら、どないしようかと思ったわ。あんなん流れたら笑うてしまうわ」

「よくある、タタタターンってやつか」

「うん、何やコントみたいで嘘っぽい感じになるやろ」

「そやな」幸太は笑った。

入口の扉が開き、新郎新婦が姿を現した。

幸太はこのとき、主役の二人の顔を初めて目にした。新婦である時山美佐は、目尻の下がった丸顔の愛くるしい顔をした女性だった。綾香が、うちで飼いたくなるような可愛い顔、と表現していたが、正にその通りの顔をしている。新郎の木下貴史は、濃い眉と大きな目が印象的で、誠実、という言葉がぴったりと当てはまるような二枚目だった。背が高く、黒いタキシードがよく似合っている。

共に、気恥ずかしそうな表情の中にも零《こぼ》れんばかりの笑みを湛《たた》えている。腕を組んで睦《むつ》まじくバージンロードを歩む新郎新婦は、幸せに満ちた光を発散していた。

拍手をして感嘆の声を上げる者、ただ黙って見とれている者、野次にも似たようなひやかしの言葉で祝福する者。新郎新婦を迎える参列者たちには統一性がなかったが、その分厳粛な緊張感から解放された、それぞれの温かい祝福が感じられた。

「信じられへん」と綾香が驚きの声を上げた。「上手いこと隠してるわ。どっからどう見ても妊婦には見えへん。どないしたらあんな風になんのやろか」

幸太も少なからず驚いた。この結婚式がいわゆる、おめでた婚、であるということは事前に綾香から聞いていた。時山美佐は、綾香と同じく現在妊娠八ヵ月だという。

肩を露出したデザインの純白のウェディングドレスは、真紅のバージンロードに美しく映えており、新婦の身体はとても綺麗なラインで光り輝いていた。裾の大きく広がったドレスの作りと腹の前に抱えたブーケが、膨らんだ腹をそれとなく隠す役割を果たしているのだろうが、それにしても見事だった。

新郎新婦は、実は昨年のクリスマスイブの日に婚姻届を提出しており、元々は式を挙げるつもりはなかったという。新郎の木下貴史の祖父が重い病気を患って入院しており、一時は危篤状態にまで陥ったために大っぴらな祝宴は差し控えたのだ。

しかし、幸いにも容態が回復して命を取りとめた祖父が、自分の元気な内に孫の晴れ姿を見ておきたい、と挙式を強く願ったのだという。それが四月のことだった。そのため、おめでた婚の形式になってはいるが、二人は夫婦として半年も生活を共にし、時山美佐の姓はすでに木下に変わっている。

その話を思い出して、幸太は新郎側の席に視線を走らせてみた。木下貴史の祖父はさぞかし喜んでいることであろう、と思ってのことだったが、やはり親族に用意されている席には誰の姿もなく、それ以外の席にもそれらしき老人の姿は見当たらなかった。もしかすると、また容態が悪化して式への参列を諦めたのかもしれない。幸太は大して気にも留めず、すぐに視線を新郎新婦へと戻した。

「新婦はお父さんと入場しなくてもええんやな」

招待客の前で結婚誓約を行う人前結婚式に参列するのは初めてだったため、幸太にはテレビドラマなどで目にしたことのある知識しかなかった。

「そうや。自分たちで決めれんねん。お父さんと一緒に入場して、先に待ってる新郎の下に連れて行ってもらうほうが感動的やけど、何やこっ恥ずかしいやんか。最近は二人で入場するほうが多いねんで」

「へえ、そうなんや」

幸太と綾香の眼前を、新郎新婦が通過していった。通り過ぎるとき、木下美佐は綾香の姿を目にとめて笑顔をよりいっそう濃いものにし、幸太に小さく会釈した。二人は司祭の待つ祭壇の前へと到着した。

司祭が胸に手を置く。それを合図に、参列者たちは手にしていた小冊子を開いて賛美歌の譜面に目を落とす。礼拝堂に入る前、式典スタッフによって簡単に行われていたリハーサル通りに式は進行していく。

パイプオルガンの音色が、賛美歌三百十二番〈いつくしみ深き〉の伴奏に変わり、参列者たちは音楽に合わせて拙《つたな》い歌声を上げた。繁殖期に鳴く牛蛙《うしがえる》のほうがましかと思えるほどにひどい音程の合唱だったが、司祭は終始真剣な表情だった。音楽が止むと、司祭は聖書の朗読を始めた。

「愛は寛容であり、愛は情け深い。また、妬《ねた》むことをしない。愛は高ぶらず、誇らない。不作法をしない、自分の利益を――」

司祭の朗読が続く中、幸太は新郎新婦の後ろ姿を見つめながら、リハーサル時に説明のあった今後の式次第を思い返していた。

この後、司祭の問う言葉に対して新郎新婦が神に永遠の愛を誓う、式のメインイベントが執り行われる。そして、指輪の交換と誓いのキス、神への祈禱《きとう》が終わると、司祭の結婚宣言の後に、参列者一同で賛美歌四百三十番〈妹背《いもせ》をちぎる〉を歌う。それから、司祭が二人に祝禱の言葉を述べ、新郎新婦は礼拝堂から退場する。参列者たちはフラワーシャワーを行うために玄関口へと移動し、中から出てくる新郎新婦に色とりどりの花びらで祝福の雨を降らす。その後、披露宴会場である隣のレストラン、〈キュイジーヌ・ド・デュウ〉へと移動する。

一連の式次第が終了するのに、時間にして三十分程度だと聞いている。幸太は期待に胸を膨らませていた。あと三十分、いや、披露宴が開始してから食事歓談までに行われる式典の進行時間を考えると、一時間から一時間半後くらいが妥当だろうか。この二ヵ月間、待ちに待っていた料理とようやく対面することが出来る。

幸太が〈キュイジーヌ・ド・デュウ〉の名を初めて知ったのは、年が明けて間もない頃に立ち寄った本屋で目にした、『2007年版　ザガットサーベイ　大阪・神戸・京都のレストラン』というガイドブックのページをめくったときだった。

『ザガットサーベイ』とは、ニューヨーク在住の食通夫婦、ティム・ザガットとニーナ・ザガットの二人が一九七九年にニューヨークで創刊した、世界的に名高いレストラン評価本のことである。

一般の消費者たちの調査による、アンケート方式を用いてレストランの評価を行っているその内容は、広告主導のレストラン情報誌とは一線を画していると高く評価され、今では全米を中心に世界八十都市以上で発売されている。

アンケート結果をもとに、料理・内装・サービスの三項目を三十点満点で採点し、消費者たちのレストランに対する本音を最大限引用した紹介文を掲載する、という独特のガイド方式は、事実のみを記している、と各都市のグルメファンたちから厚い信頼を得ており、その発行部数は世界中で百万部を超える。

仕事柄、幸太は以前から『ザガットサーベイ』というレストラン評価本の存在は知っていたし、その東京版が何年か前に創刊されたということも耳にしたことがあった。けれども、いつの間にか関西版まで創刊されていたとは知らなかった。

本格的な各国料理のレストランはもちろん、うどん屋やお好み焼き屋などの大衆的な料理屋に至るまで、関西三都市全体で千二百店もの様々な飲食店が掲載されている中、幸太は迷わず神戸の項、三百店あまりの店舗が掲載されているページをめくった。

〈ビストロ・コウタ〉の名前を見付けたときには、心臓が破裂しそうなほどに膨れ上がった。震える手でページに指を這わせ、不安な思いで評価得点に目を走らせたが、それはすぐに驚きのものへと変わり、彼は自分の目を疑った。

内装とサービスの得点こそ、平均的な水準にぎりぎり届いているといった評価となっていたが、喜ばしかったのは料理の得点だった。

二十四点、という料理の得点は、神戸の料理部門ランキングの第四位であった。その下の五位には、誰もがその名を知る老舗《しにせ》の高級寿司店の名があり、幸太が独立前に修業していたフレンチレストラン〈アッシュ〉は、七位という結果であった。他にも、錚々《そうそう》たる有名店が〈ビストロ・コウタ〉よりも下位にランク付けされていた。

自分の店で提供している料理の味が、〈アッシュ〉を始めとする数々の有名店に勝っているとは到底考えられなかった幸太は、その出来すぎたランキング結果に不思議な思いがしていたが、コメント欄を読んだ瞬間に納得がいった。

「コストパフォーマンスに優れた地に足の着いた豪快な料理」「目まぐるしく変更されるメニュー内容はどれも魅力に溢れ値段以上のものが味わえる」「店の儲けを心配してしまうほどに良心的な料金で独創的な力強い料理が出てくる」「この店で同じ料理を味わうのは非常に難しい。だがそのどれもが美味であることは賞賛に値する」

結局のところ、安くて美味しい料理、という点と、頻繁にメニューを変更している点が高評価に繋がったようだった。一般消費者たちのアンケートによって評価を下す『ザガットサーベイ』ならではの結果だと思った。純粋に味のみを追求している専門家たちの評価ならば、こうはいかなかっただろう。

　訪れる度に前回と違った料理を、リーズナブルな料金で、それ以上のレベルの味として楽しめる店。幸太は、〈ビストロ・コウタ〉が自分の理想通りの店として一般消費者たちに受け入れられ、浸透していることに大きく満足していた。そしてそれと共に、消費者たちの感覚の鋭さに驚きと喜びを感じていた。

　幸太は、店で出す料理の味付けを意識して濃いめにしていた。特に、メイン料理で使用するソースの味は極めて濃厚なものに仕上げている。コメント欄にあった、地に足の着いた豪快な料理、独創的な力強い料理、という味への評価が、それを理解し満足してくれているということを物語っている。

　フランス料理を始めとする近年の西洋料理では、ヘルシーであっさりとした味付けの料理が流行している。一流と名高いレストランで料理を注文すれば、かなりの確率で素材を生かした味付けの料理が出てくるはずである。それはそれで美味しく、充分に味覚を喜ばせてくれるのだが、繊細で微妙な味わいの日本料理という文化を持つ日本人にとって、そういった味付けは舌の記憶に残りづらいのではないか、と幸太は考えていた。

ごく普通の一般市民が、本格的な西洋料理を食べにいこう、とレストランに足を運ぶのは、多くても二、三ヵ月に一回くらいのものであろう。フランス料理屋を目指す人は濃厚で芳醇《ほうじゅん》なソースがかかった料理をイメージし、イタリア料理屋を目指す人は趣向を凝らしたパスタ料理をイメージしているのかもしれない。

そんなときに、塩・胡椒《こしょう》だけで味付けされたステーキや、ただのペペロンチーノ味のパスタが出てきたらどう思うだろうか。たとえそれが、極上神戸牛のシャトーブリアンであろうと、希少で高価なオリーブ油を使用していようとも、美味しいという感想こそ抱くだろうが、フランス料理を食べた、イタリア料理を食べた、という充足感は得られないだろう。そんな料理を食べようと思っているのならば、わざわざ本格的な西洋料理の店は選ばずに、最初からステーキ専門店やパスタ専門店に出向くだろう。

もちろんこれは極端な例だったが、幸太の信条は、強烈で新鮮な西洋料理らしい味わいをいかに客の舌に残すか、というものだった。それに、〈ビストロ・コウタ〉のリーズナブルな価格設定では、材料費に多くの金はかけられない。上質とは言い難い素材に薄い味付けをするよりも、素材の味を消してしまう限界ぎりぎりの濃厚な味付けのほうが、客に喜ばれるだろうし、自分自身でも美味しいと思っていた。

自分の店への高評価に安堵した幸太は、神戸の料理部門ランキング第一位にランクされていたフレンチレストランの店名を見て首を傾げた。聞いたことのない名前だった。

評価得点は満点の三十点だった。コメント欄を読むと、そのレストランは、神戸ハーバーランドにあるチャペルに併設されているオープンして二年足らずの新店で、オープンした年と併せて二年連続の満点による一位を勝ち取っていることがわかった。

評価コメントがまたすごかった。

「パリの三ツ星レストランを凌《しの》ぐほどの驚愕《きょうがく》の味」「この店の料理は現在日本中にあるフレンチレストランのトップに君臨している」「口にした瞬間今まで食べてきた料理がゴミのように思えてしまう」「信じられない別世界の美味が待っている」

いずれも、いき過ぎだと思えるほどの最大級の賛辞が述べられていた。もしも三十点満点の評価でなければ百点という得点を与えたい、というコメントも載っていた。

ディナーの平均価格を見ると、一万五千円となっていた。高価だが、他の高級レストランと比べて飛び抜けて高価なわけでもない。扱っている材料の質は〈アッシュ〉で扱っているそれと大した変わりはないであろう。それなのに、どうしてここまで特別な評価が下されているのか。

そのフレンチレストランの店名が〈キュイジーヌ・ド・デュウ〉であった。幸太は、そこで提供されている料理に一料理人として並々ならぬ興味を覚えると共に、一度それを味わってみたい、と強く願うようになっていた。

「なあ、幸太」

二度目の賛美歌合唱が終わり、司祭が祝禱《しゅくとう》の言葉を述べ始めたとき、綾香が身体を寄せてそっと囁いてきた。

「料理のことで頭が一杯なんやろ。さっきから上の空やで」

「あほか。頭やなくて胸が一杯なんや。感動してんねん」

「別にどっちでもええけど、せめて披露宴ではもうちょっと笑顔で祝ったげてや。えらい無愛想な旦那やなって、美佐に思われたくないわ」

「これでええか」幸太は表情を心持ち緩めた。

綾香は上半身を半歩引いて幸太の顔を眺めると、短くため息をついた。

「にやけてるだけにしか見えへんけど、さっきよりはましやろ。それでええわ」

「わかった。任しとけ」

アーメン、と司祭が祝禱の締め括《くく》りの言葉を口にした。

「さあ、親愛なる皆様、夫婦の誓約を交わした二人が退場します。どうか起立して拍手でお送り下さい」

拍手の渦の中、新郎新婦はとても晴れやかな笑顔で礼拝堂を後にした。披露宴で出される料理の数々に思いを巡らせながらも、幸太は精一杯の笑みを作って二人を送り出したつもりだった。綾香が文句を言ってこなかったということは、どうやら無事に成功したようだった。

「今からフラワーシャワーを行いますので、参列者の方たちは速やかに玄関口に移動して階段にお並び下さい」

式典スタッフの声に、参列者たちはぞろぞろと移動を始めた。膨らんだ腹に手を添えてゆっくりと歩く綾香に続き、幸太も足を進めた。

礼拝堂から退場する間際に、幸太は立ち止まって振り返った。今後滅多にお目にかかれないであろう、壮大な三連のステンドグラスを目に焼き付けておこうと思ったのだ。

ステンドグラス中央に描かれた物語の下に、人影があった。最前列の席にいた、新郎の父親であろう痩せた男の姿だった。ぼんやりとした様子で顎を上げ、静かに佇んでいる。

幸太は彼に倣うようにしてその視線を追った。

そこには、丘の上で十字架に磔刑《たくけい》にされているイエス・キリストの姿が描かれていた。その表情は絶望と苦悶に満ちている。

彼の傍に近付く者が見えた。それは、務めを無事に果たしたばかりの外国人の司祭だった。姿を目にとめた瞬間、彼は司祭に小走りに駆け寄り、その幅広い肩にすがった。まるで、許しを請うているような身振りだった。

司祭は彼の肩に手を置くと、耳元に顔を寄せて何やら言葉を囁いていた。少しの後、彼は身体を離し、渋々といった様子で数回頷いた。

どことなく、見てはいけないものを覗き見ている感覚に陥った。好奇心よりも良心が勝った幸太が視線を外そうとした瞬間、突然司祭の顔がぐりんと回った。あっ、と思う間もなく、司祭の瞳は確実に幸太を捉えていた。

目を逸らすタイミングを完全に失ってしまった幸太は、顔の半分が硬直した笑みを浮かべて小さく会釈をした。そうするしか他に思い付かなかった。

司祭がゆっくりと近付いてきた。にこやかに微笑んでいる。どうしてだか、四肢に痺《しび》れたような緊張が走った。外国人の神父という、普段では決して交わることのない人物との接触だからかもしれない。

「こんにちは。確か、新婦の御友人の方ですな」

「あ、はい、柴山と申します。どうもお疲れ様でした」

「こちらこそ。ついつい話が長引いてしまって、退屈やなかったですか」

「いえ、興味深いお話ばかりで面白かったです」

外国人の老人と関西訛りの日本語で話すというのは、奇妙な感覚だった。近くで見ると瞳の美しさがとても際立っている。その鮮やかな瑠璃色が、宝石の輝きではないということが不思議なくらいだった。

「幸太、何してるんや。早よせなあかんで」

声と共に、綾香が戻ってきた。

「お、おう、悪い。ちょっと、な」

助かった、と思いつつ、幸太は言葉を濁した。

「何やねん、ちょっとって——あっ……どうも」

司祭の姿に気付いた綾香が、ぺこりと頭を下げた。

「ほう」と司祭の瞳の輝きが増した。「式のときから気になってはいたのですが、やはりそうでしたか。そこには新しい命が宿っていますな。実に喜ばしいことです」

膨らみの上にある司祭の慈しむ視線に、綾香は顔をほんのりと赤らめた。

「ありがとうございます」

「よろしければ、私に祝福させて頂けませんかな」

そう言って右手を掲げる司祭に、綾香は気恥ずかしそうに幸太を見た。

「ええやんか。神父様の祝福やで、光栄なことや」

幸太の言葉に、綾香は微笑んで頷いた。

「お願いします」

司祭は跪いて綾香の腹に右手を当てると、静かに目を閉じた。祈りを捧げているようだったが、それを言葉にすることはなかった。やがて、穏やかな表情で目を開ける。

「何ヵ月ですかな」

「八ヵ月です」

「ほう、新婦と同じですか」

「そうなんです。偶然にも一緒なんです」

「それは素晴らしい」司祭は腰を上げた。「引き止めてしまって申しわけなかったです。さあ、そろそろフラワーシャワーが始まりますぞ。どうぞ新郎新婦の祝福に行ってあげて下さい」

「そうですね。どうもありがとうございました」

頭を下げ、ちらりと新郎の父親に目を向けると、落ち着きのない様子でその場を歩き回っている姿が目に入った。こちらをまったく気にしてはいなかったために、会釈はしなかった。

「よし、行こか」

幸太は綾香の手を取ると、礼拝堂を後にした。

3

披露宴の開始直前、レストランのサービスマンから、幸太と綾香に思いがけぬ申し出があった。下座から順に、両親、親族、友人、と新郎新婦に近しい関係から指定されていた席を、急遽《きゅうきょ》移動してもらいたいのだという。

「大変恐れ入りますが、新郎様側の親族一同が揃って欠席なさるということで、その空いた席を柴山様御夫妻に埋めて頂きたいのですが……」

そのサービスマンは、恐縮した様子で言った。

「もちろん、柴山様御夫妻だけではなく、他の御友人様たちにも埋めて頂くようにお願い申し上げ、御協力頂いているのですが、新郎様の御両親がいらっしゃる席だけは、どうしても皆さん御遠慮なさってしまうようで……」

披露宴の席は、四人掛けのテーブルが全部で十二テーブル用意されていた。新郎側と新婦側の招待客に分けると六テーブルずつである。それぞれ、両親とその親族用に三テーブル、友人用に三テーブル、といった内訳になっており、各テーブル上には、招待客の個人名が入ったプレートが準備されている。

どうやら、その内の新郎側にある二テーブルだけがぽっかりと空いてしまうのは、どうにも体裁が悪くて不自然だから埋めてくれ、ということなのだろうが、新郎の両親と同席することを友人一同が遠慮するのは当然であろう。しかしそれ以前に、新郎側の席を埋めるのに、どうして新婦側の招待客に声をかけているのか。幸太には不思議だった。

「あの、何で僕たちなんですか、僕らは新婦の招待客なんですけど……」幸太は疑問を口にした。

「申しわけございません、わかっております」サービスマンは慇懃《いんぎん》に腰を折った。

「この件について新郎新婦様にも御相談させて頂いたのですが……その結果、御友人様たちにつきましては、新郎様の御招待客、新婦様の御招待客、とそれぞれに分けることはせずに、新郎新婦様共通の御友人、ということで席を混在させて振り分けることになりまして……そうしますと、間に不自然に空いた席も埋まって人数的にもバランスが取れますので……検討いたしましたところ、新郎様の御両親と同席して頂くのは、御夫婦で出席されている御友人様のほうが何かと落ち着いていらっしゃるので、そちらのほうがよろしいのではと……柴山様に下座への着席をお願い申し上げているのはこういったわけでして……御友人様たちの中で、御夫婦で出席されているのは柴山様御夫妻お二人だけでして……」

少々歯切れの悪い物言いだったが、内容は理解出来た。要するに、新郎の両親と同席するのは、その場を乱す恐れのある人間ではいけない、ということなのだろう。新郎新婦の年齢は、共に二十二歳と若い。礼拝堂での挙式の際に目にしたところ、その友人たちも同じくらいの年齢に見受けられた。若いから場を乱すということでもないだろうが、何しろ酒の入る席である。羽目を外して騒ぎ、新郎の両親の気分を害する輩がいては困る。その点、三十歳を目前に控えた夫と妊娠しているその妻、というコンビは安全パイとして際立っているのであろう。

幸太は迷っていた。新郎新婦やサービスマンの困った胸の内は理解出来るし、助けてあげたいという思いも持っている。それに、こうも丁重にお願いされてはどうにも断りづらい。けれど、新郎の両親に気を遣って窮屈な思いを強いられてしまうと、待ちに待っていた素晴らしい料理の数々をじっくりと味わえなくなりそうだった。それだけはどうしても避けたかった。

「あの――」

適当な理由を付けて断ろうと、幸太は口を開いた。大変申しわけないのですが、という言葉を続けようとしたとき、それより先に綾香が口を挟んだ。

「いいですよ、私たちでよければ」

耳を疑うような綾香の発言に、幸太は口を開けたままで固まった。綾香はそれを一瞥すると、サービスマンに向かってにっこりと微笑んだ。

「大丈夫です。のんびりと世間話でもして、和やかに過ごしますから」

「ありがとうございます。それでは早速お席の準備をさせて頂きます」

サービスマンはほっとした様子でそう言うと、深々と頭を下げて去っていった。途端に綾香の微笑みは溶け、代わりに軽蔑《けいべつ》の表情が現れた。

「信じられへん。普通、あんな困った様子を見たらオッケーするやろ」

「――い、いや」幸太は言葉に詰まった。「ち、ちゃうねん。お、俺は構へんけどな、お前が嫌やと思ってな、ほら、変に気い遣ってストレスとか溜まったら、お腹の赤ちゃんにも良くないやろ、な？」

「私は全然構へんで」綾香は憮然《ぶぜん》と吐き捨てた。「とにかく、こうなった以上は愛想良く振舞ってや。幸太が料理に夢中になって木下くんの両親を放ったらかしにしたら、そっちのほうが気い遣ってしゃあないわ」

「……わかった」幸太は肩を落とし、ぼそりと呟いた。「出来るだけ、頑張るわ……」

新郎側の下座に目を向けると、そこには新郎の母親が一人で座っていた。礼拝堂で見たときと同じく、背筋を真っ直ぐに伸ばした姿勢で微動だにしていない。相変わらず、近寄り難い雰囲気をぷんぷんと匂わせている。幸太は、その隣で背を丸めて小さくなっていた新郎の父親の姿を思い出した。

（何や、えらい食事会になりそうやな……最悪や……）

ほどなくすると、先程のサービスマンが柔らかい笑みを伴ってやってきた。

「柴山様、お待たせいたしました。お席の御用意が出来ました」

幸太は重りの詰まった腰をゆっくりと持ち上げ、綾香に手を差し伸べた。

「行こか。楽しい披露宴の始まりや」


驚くほどに滑らかな手触りのテーブルクロスの上には、鮮やかなグリーンが配色されたクラシックな風合いのウェルカムプレートが用意され、柔らかそうな白いナプキンが載っていた。セットされている銀器とクリスタルのウォータープラスが、目に眩しいほどに輝いている。中央に配された銀色の燭台《しょくだい》の下では、ピンクの百合と黄色いバラの盛り花が艶《あで》やかに咲き誇り、テーブルの上を華やかに演出していた。

予想以上に、窮屈で気を遣う場だった。会話がなくて重苦しい空気が流れているわけではない。むしろ、他のテーブルよりも言葉が飛び交っているほどだ。けれど、重苦しい場のほうがどれだけ心が休まったかしれない。

「新郎の母の木下麻紀《まき》です。話は聞きました。ごめんなさいね、何やしょうもない親戚連中ばっかりで。迷惑かけますが勘弁したって下さいね」

そう言って自己紹介を終えると、木下麻紀は延々と喋り続けた。話の内容の大半は、息子の自慢と親戚たちへの愚痴で占められていた。幸太と綾香は、作り笑いでおざなりな相槌を打つしかなかった。

　披露宴が始まってもそれは続いた。司会者が冗談を交えたマイクパフォーマンスで宴を盛り上げていようとも、来賓の祝辞スピーチの最中であろうとも構わずに、木下麻紀は独り言のように口を開き、必ず顔を向けて相槌を求めた。

　どこかで用でも足しているのか、テーブルにはずっと新郎の父親の姿はなく、木下麻紀はそのことも執拗に毒づいていた。

「何してんねん、あのあほが。さっきからずっと電話してんのに全然繋がらへん。ほんまに役立たずやわ。ねえ、そう思わへんですか？　息子の晴れ舞台やっちゅうのに、どっかでしょうもない油売ってるんですよ。まったくかなわんわ」

「何か急用のお仕事でも入ったんですかね」

　何となしに父親を擁護するような相槌を入れた幸太に、木下麻紀は血相を変えて唾を飛ばした。切れ長の大きな目が吊り上がったその様は、妙な威圧感がある。

「何言うてるんですか。うちの旦那はね、あほや言うても一応社長ですわ。部下に偉そうに指示してふんぞり返っとけばええねん。休日出勤なんてしたことあらへん。会社が休みの日はいつもどこぞのクラブで遊んでるだけですねん。はあ、嫌やわ。ほんまにかなわんわ。うちの実家に転がりこんで楽しとるくせに」

「へえ、社長さんなんですか。何の会社してはるんですか」顔をしかめないように注意を払いながら、幸太は訊いた。

通関業ですわ、と耳慣れない答えが返ってきた。幸太は鸚鵡《おうむ》返しに尋ねた。

「通関業？」

「あれですわ。海外から物を輸入するときや逆に輸出するときは、税関でややこしい手続きが必要になりますねん。その手続きのいっさいを代行してる業者のことですわ。うちんとこは、通関手続きから物流まで総合してやってます。まっ、そない言うてもね、小さな会社ですわ」

そう答えた後、木下麻紀は間髪入れずに話題を戻した。

「クラブ遊びだけやったらまだしもね、あのあほはソープやら何やらの、あっち系の風俗も大好きなんですわ。福原にもよう入り浸ってますわ。柴山さんはどうなん？やっぱりまだ若いからそんなとこにも顔出してはるの？」

福原、というのは神戸市兵庫区の、新開地、と呼ばれる歓楽街の一角にある、西日本最大規模ともいわれている風俗街のことである。

「いや――」と幸太は、隣にいる綾香の視線を気にしながら言った。「僕は、そっちのほうにはあまり興味がなくて……というよりも、高い金を払ってまで行こうとは……」

嘘だった。頻繁に出入りしているわけではなかったが、友人に誘われて半年に一度くらいの割合では顔を出していた。しかし、現在の状況ではそう答えるしかなかった。

「あら、そうなの。奥さん妊娠してはるから大変でしょ。風俗に行かへんのやったら、どうやって発散してはんの？」

木下麻紀は目を爛々と光らせ、意味ありげに微笑んだ。べっとりと濃く塗られた赤い唇が卑猥《ひわい》な形に歪んでいた。

「いや……まあ、それなりに……」

「それなりに、って何やの。まさか、発散させてくれる女でもいはんのですか。それともあれですか――」

木下麻紀は、そこで綾香に目を向けた。下品な笑みが浮かび上がる。

「オーラル何ちゃら言うやつですか」

デリカシーのない発言に、幸太の血管が膨張した。抑圧の壁に亀裂が入り、怒りの言葉が喉に込み上げた。そのまま外に飛び出ようとしたとき、テーブルの下で綾香が太腿をつかんできた。

見ると、綾香は真っ赤な顔で俯《うつむ》き、その失礼な発言に耐えていた。幸太の太腿を手の平で数回、ぽんぽんと叩く。大丈夫や、というサインだった。

「……ま、まあそんな感じですわ」

堪《こら》えた怒声の代償として、幸太はわざと怒りを押し殺したような響きを強調した。しかし、木下麻紀はまったく気付いていない様子だった。

「ふうん、そうなの。仲が良くてよろしいですなあ。そういえばうちの息子たちもね、まあ仲が良くて良くて。見てるこっちが恥ずかしくなるくらいですわ。この間もね、大丸に一緒に買い物に行ったんですわ。そしたら――」

終わる兆しを見せない話にうんざりとしていたが、幸太は必死で笑顔を守り、適当なタイミングで相槌を打ち続けた。

「ごめん、幸太が正しかった。断るべきやったわ」

隙を見て、綾香が笑顔を保ったまま囁いてきた。

「そやろ。もう手遅れや」

幸太も作り笑顔のままで囁きを返す。顔中の筋肉が疲労を訴えている。

披露宴では、新郎新婦の生い立ちと出会いが紹介されていた。メインテーブルの横には大きなロールスクリーンが用意され、スライドショーが上映されている。司会者の軽妙な語りに場内は沸いており、新郎新婦は涙を流さんばかりに笑い転げていた。礼拝堂のときと違って、心からリラックスしているようだった。

幸太には、その全てが遠かった。自分たちの座っているテーブルだけが、宴から疎外されているようだった。ふとした拍子に、新郎新婦が心配そうな顔でこちらに視線を寄越すのが、その証拠のように感じられた。和やかな空気とは程遠いものが見えているのかもしれない。もはや、幸太は料理以外の何ものにも興味はなかった。

「――それでは」司会者が声を張り上げた。スライドショーは終了したようだった。

「ここでウェディングケーキの入刀、といきたいところなのですが、実は、新郎新婦の意向でケーキ入刀は行わないことになっております。その代わり、お食事の最後に色とりどりの素晴らしいデザートの数々を、新郎新婦がワゴンサービスで皆様のテーブルを回って取り分ける、といった趣向にさせて頂きました。どうか皆様、遠慮せずにお申し付け下さい。それが、新郎新婦初の共同作業となります」

拍手が収まるのを待って、司会者は言った。幸太が待ち望んでいた瞬間だった。

「それでは、これより食事歓談のお時間になります。乾杯の準備を致しますので、皆様お好きなお飲み物をお申し付けになり、しばしご歓談下さい」

幸太はグラスワインの白を、綾香はミネラルウォーターを注文した。どんなワインが良いかとサービスマンに聞かれたが、披露宴用に準備されている安価なワインではどうせそんなに変わりはないだろうと、料理に合うもので、と告げておいた。木下麻紀はビールを注文したようだった。そして、すぐに幸太と綾香に向けて口を開く。

「楽しみやわ。柴山さんたちはこの店知ってはりますか？　ここのお料理は素晴らしく美味しいんですよ。私は月に二回くらいはここで食事をしてるんですけどね、毎回違ったお料理が出てきて毎回感動してます。いっぺんここで食べたら、他所の店の味が苦痛に感じるくらいですわ。ほんまですよ、舌の肥えた私が言うんやから間違いないですわ」

　ほんまかいや、と幸太は思った。自分が予約の電話を入れたときには、半年も先まで予約でいっぱいだと断られたのだ。よほどの特別客でない限り、そうそう席を確保出来るとは思えなかった。

「はあ、そうなんですか。やっぱりね……」

　綾香が口を開き、勝ち誇ったような横目を幸太に流した。

「やっぱり、って、どうかしはったん」目ざとく木下麻紀が食い付く。

「この人、料理人なんですよ」と綾香は、このときばかりは本来の笑顔を見せた。

「今日の式に私が誘ったとき、最初は嫌がってたんですよ。でも、披露宴をこのレストランでやるって聞いた途端、急に積極的に行くって言い出して。何かおかしいな、って思ってたんです。やっぱり料理に釣られてたんやね」

　幸太は苦笑し、木下麻紀は目を輝かせた。

「あら、どちらに勤めてはるの？」

「生田神社の山側、ヤマカンを越えたところにある小さなビストロです。フレンチを基本に、西洋料理なら何でも取り入れているスタイルの店です。一応、オーナーシェフという形で細々とやらせてもらってます」

「あらそうなの、若いのに立派やねえ。どんなお料理を出してはんのかしら。またそのうち寄らせてもらいますわ。楽しみが増えて良かったわ」

「ぜひ、お願いします」

木下麻紀の口調からは、言葉とは裏腹に感心した様子はなく、どことなく小馬鹿にしているような印象を受けたが、幸太は努めて愛想良く振舞った。

「ここのレストランのように高級ではなく至って庶民的な店なので、安い材料を相手に精一杯頑張ることになりますが……ですので、お口に合うかどうか心配です」

「まあねえ。ここは別格やとしても、私は普段から高くて美味しいものばっかり食べてるからねえ……」

癇《かん》に障《さわ》って頬がぴくりと痙攣《けいれん》したが、それ以上の反応は辛《かろ》うじて抑えた。

「このレストランはね、実は私の父が経営しているんですよ。隣のチャペルも一緒です。そやから貴史の結婚式会場はここにしたんです。父はもう七十二歳になるんですけどね、昔料理に関する仕事をしてたもんやから、味には人の何倍もうるさいんです。レストランを開きたいなんてことは、私らも特に聞いてなかったんですけどね、やっと自分のお眼鏡に叶うコックが見つかったとかでね、二年と少し前に突然この店を始めたんですわ」

「へえ……」

幸太は少々驚いた。ということは、木下麻紀は半年もの予約待ちをせずとも、オーナーの娘としていつでも自由に席を確保してもらえる身なのかもしれない。高級なものばかりを口にして舌が肥えているというのも、まんざら嘘ではなさそうだった。

「父は肝臓に悪い病気を持ってましてね、長いこと入退院を繰り返してたんですわ。一時はもう駄目やと医者も言ってたんですけど、どうにか回復したんです。そしたら急に、わしの生きてる内に貴史の祝宴をやらんかい、って言い出して。それで式をすることになったんですけどねえ、またちょっと調子が優れないらしくってね、自分で言い出しといて欠席ですわ」

「そうやったんですか……残念ですね」

肩を上下して大袈裟《おおげさ》なため息をつくと、木下麻紀は自嘲《じちょう》的な笑いを浮かべた。

「ほんまにねえ、せっかくの貴史の晴れ舞台やっちゅうのに、誰もかれもが揃って欠席ですわ。親戚連中はおろか、うちのあほまでどっかに隠れてしまいよって……身内は私一人だけですよ、ほんまかないませんわ。柴山さんたち御夫婦みたいに、私と気の合う人たちが同席してくれたから良かったものの、これが何や、おかしな人たちやったら目も当てられませんわ。ねえ、そう思いません？」

「はあ……」

幸太がこの日数十回目の強張った笑顔を披露したとき、テーブルにサービスマンの一人が近付いてきた。失礼致します、と腰を折って木下麻紀に耳打ちをする。

「えっ？　ほんまかいな。そしたら、ここに通してもうて構へんで。どうせうちの旦那はおらへんのやから、好都合やったわ。ああ、ちょっと待ってや」

そう言うと、木下麻紀は幸太たちに目を向けた。

「柴山さん、何や知らんけど、うちの父がやって来たそうなんですわ。ここに呼んでも構へんですよね」

「あっ、そうなんですか。はい、僕らは全然構いませんよ、なあ」

幸太が同意をすると、綾香も、構わないですよ、と微笑んだ。願わくは、この場を緩和させる救世主であってほしかった。綾香も同じ気持ちだっただろう。

木下麻紀が頷いてみせると、サービスマンは機敏な動きで去っていった。

少しの後、杖を突いた一人の老紳士が、幸太たちのいる下座のテーブルに向かってやって来るのが見えた。その洗練された気品ある装いに目を見張った。

七十二歳だというその痩身《そうしん》を、上品で落ち着いた色合いの細身のダークスーツで包んでいる。淡いライトグレーのネクタイを締め、前ボタンを外した上着の中からはシルバーのベストが覗いている。ポケットにはベストと同色のチーフを挿しており、それらがロマンスグレーの豊かな頭髪と見事にコーディネートされている。事前に歳を聞いていなければ、六十歳だと言われても信じるだろう。

幸太は、日本人、しかも老人で、こんなに洒落た着こなしをし、かつそれが嫌味なくまとまってよく似合っている、という人物は初めて目にした。高い鼻と少し窪《くぼ》んでいる目のせいか、その姿は、まるでヨーロッパ映画に出てくる老成した俳優のようだった。

サービススタッフが椅子を引き、老紳士は幸太の正面に腰を下ろした。

「遅くなってすまんかったな。麻紀、こちらは？」

「美佐さんの友人の柴山さん御夫婦や。私が一人で寂しそうにしてるもんやから、気い利かせて同席してくれはったのよ」

「それはそれは――」老紳士は頭を下げた。「どうも初めまして、貴史の祖父の中島《なかじま》と申します。孫の挙式を祝って頂くだけでなく、娘のお守りまでして頂いて恐縮です」

「いえ、こちらこそ――」

綾香と一緒に頭を下げながら、幸太は中島と名乗った老紳士の柔らかい物腰に安堵していた。緩和剤としての機能を充分に果たしてくれそうだった。

「義明《よしあき》くんはどないしたんや」

中島翁《おう》は木下麻紀に目を向けた。

「知らんわ。式のときにはおったんやけど、どっかに消えてもうたわ。あんなあほな人のことはどうでもええねん。それよりも、お父ちゃんどないしたんや、具合が悪いんちゃうかったの？」

「それは方便や。そうでも言わんと、あちらさんの御両親が納得せえへんやろ。何や言われたら、急に体調が良うなって駆け付けたいうことにすればええしな。わしが興味あるのは味だけや。式自体には何の興味もないわ。こうやって貴史の晴れ姿さえ目にすれば、それでもう充分なんや」

中島翁はメインテーブルに優しい眼差しを送り、目を細めた。それに気付いた木下貴史の顔が晴れやかに輝いた。隣の妻、美佐に声をかけ、連れ立って腰を上げる。

「お祖父ちゃん」

ウェディングドレスの裾を気にして歩く美佐の手を、慎重に引いて祖父のいるテーブルまでやって来た木下貴史は、開口一番嬉しそうに言った。

「体調が優れないって聞いてたからな、心配してたんやで。そやけど、その様子を見たら安心したわ。どうせあれやろ、嘘ついてたんやろ」

笑い皺で顔中をいっぱいにし、中島翁は頷《かな》いた。

「そうや、ようわかったな。貴史には敵わんわ」

「だって、お祖父ちゃんが興味あんのは料理だけなんやろ。結婚式をせえ、ってしつこく言うてたのは、自分の孫の披露宴ということやったら、石国《いしぐに》さんがどんな料理を作んのか気になっただけなんやろ。最初からわかってたわ」

「あほなことというなや。今日のメインディッシュは、貴史と美佐さんの晴れ姿を目に焼き付けることや。料理なんかは二の次や」

「目えが泳いでるで」

木下貴史と中島翁は声を合わせて高らかに笑った。二人の親交の深さが窺い知れるようなやり取りだった。

「どこかの誰かさんと一緒やな」と綾香が小さく呟いたが、幸太はそれを聞こえない振りをしてやり過ごした。

「美佐さん」中島翁が美佐に声をかけた。「おめでとう、すごく綺麗や。お腹の赤ん坊共々、貴史のことをよろしく頼みます」

「ありがとうございます。まだまだ至らない部分はあるかと思いますが、精一杯頑張らせて頂きます。お祖父さんも末永くお元気でいて下さい」

美佐はそう言ってウェディングドレスを静かに揺らした。中島翁は、ありがとう、と小さく呟くと、目頭をそっと押さえた。

「さあ、もう行きなはれ。歳を取ると涙もろくなってしゃあない。祝いの席で涙は零したくないわ」

「うん、ほな行くわ」木下貴史は優しい顔で言うと、幸太に視線を移した。「柴山さん、ですよね。本日はわざわざお越し頂いてありがとうございます。奥様にはいつも美佐がお世話になっているそうで……」

会釈する後を追って、美佐も幸太に顔を向けた。

「初めまして、木下美佐です。綾香さんとは親しくさせて頂いております。御迷惑をおかけしてばっかりですが、今後共よろしくお願い致します」

「いえいえ、こちらこそ妻がお世話になっているようで、感謝しています。どうも御結婚おめでとうございます」

形式的な挨拶を返す幸太に、木下貴史は微笑んだ。

「敬語は勘弁して下さい。柴山さんは僕よりもだいぶ年上なんですから。タメ口で全然構わないですよ。それに、そっちのほうが僕も気が楽です」

「あ、そ、そう？ そしたらそうするけど、ほんまにええんですか」

「構いません。何なら、貴史、って呼び捨てにでもして下さい」

「はは、さすがにそれは厳しいけど、出来るだけ敬語は使わんようにしますわ」

「お願いします」

幸太は感心していた。付け焼刃ではない、板に付いた敬語を操る二人の振る舞いは、とても二十二歳とは思えないほどに落ち着いている。綾香の言っていた通り、若いのにしっかりしている、という印象そのものだった。

「それでは、どうか楽しんでいって下さい」

「じゃあね、綾香さん」

美佐の言葉に、綾香も、じゃあね、と手を振る。

去り際に、木下貴史は母親の麻紀に声をかけた。

「親父はどないしたんや、気分でも悪くなったんか？　ずっと姿が見えへんから気になっとったんやけど」

「知らんわ、どこぞに消えてもうたわ。そのうち来るやろうから、あんたは心配せんでもええわ」

「お母ちゃんに何も言わんと、どっかに行ってもうたんか」

「そうや」

「携帯は？　鳴らしてみたんか」

「したけど、ずっと留守電や」

納得がいかないといった様子で、木下貴史は眉間に皺を寄せる。

「食事が終わったら、両親への花束贈呈のセレモニーがあんねんで。そんときにおらんかったら、どっかに行ってもうたでは済まされへんで。親父かてそのこと知っとるやろう。そんな勝手に消えたりせえへんはずやで」

「そやから、そのうち来るって言うてるやろ」不機嫌に言い放つと、木下麻紀はそっぽを向いた。

木下貴史は困ったような顔で重いため息を吐くと、これ以上母親に言っても無駄だと悟ったらしく、中島翁に目を向けた。

「お祖父ちゃん、スタッフの人に頼んで探してもらわれへんやろか。どうせ、お母ちゃんと喧嘩でもして気まずくなったんやと思うわ。たぶん親父はそこら辺におるやろ」

中島翁は隣でふてくされている木下麻紀を一瞥すると、やれやれといった様子で頭を揺らし、頷いた。

「わかったわ、わしに任しとき。貴史は何も心配せんと美佐さんと仲良くやっとき。美佐さん、何や、ややこしなってすまんかったな」

優しく声をかける中島翁に、美佐は、いいえ、と柔和な微笑みを返した。

「ごめんな、ほな行くわ」

「ああ、頑張っておいで」

木下貴史は幸太と綾香に向かって一礼すると、背を向けて美佐と共にメインテーブルへと戻っていった。中島翁はすぐに近くにいたサービススタッフを呼びつけ、新郎の父親を探して連れてくるようにと、指示を与える。

「あの――」

口を挟むべきではないかとも思ったが、少しでも助けになるかもしれないと、幸太は口を開いた。

「たぶん貴史くんのお父さんやうたと思うんですけど、式が終わった後に、礼拝堂で神父さんと一緒にいるところを見ました。ですから、神父さんに訊けば、どこにいるのかがすぐにわかるのではないかと……」

「本当ですか」中島翁は目を輝かせた。「どうもありがとうございます——おい、聞こえたか。ヴァンサンに訊いてみてくれ。おそらくまだ礼拝堂におるはずや」

かしこまりました、とサービスマンは腰を折り、きびきびとした動作で去っていく。

「いやあ、助かりました。感謝いたします」

深く頭を垂れる中島翁に、幸太は恐縮した。

「いえ……間に合うといいですね」

「まったくです」と小さく首をすくめる中島翁の横では、木下麻紀が憮然とした面持ちで、何度も舌打ちをしていた。

それからすぐに、注文していた飲み物が一斉に各テーブルまで運ばれてきた。

さすが、と幸太は心の内で唸《うな》った。レストランのサービスマンたちは、全ての出席者たちの飲み物が同時に揃うように、かつ、予想外にも席を立ってしまった新郎新婦が席に戻る頃合いまで、完璧に見計らっていたのだ。木下麻紀の注文したビールの泡は一ミリたりとも潰れていない。こんもりと泡雪のようにグラスから盛り上がっている様は、それが注ぎ立てであることを証明していた。

一流とそうでない店との違いは、こういったところに表れるものだ。四十名近い出席者たちから受けた様々な種類の飲み物を、注文を間違えることなく同時に、しかも最良の状態で提供することがいかに難しく、神経を遣うことか。修業時代、サービスマンとしての経験も積んだことのある幸太には、それがよくわかっていた。

いつの間に注文していたのか、中島翁の前にも飲み物が用意されていた。美しく光り輝く細身のフルートグラスの中では黄金色の液体が揺らめき、細かい泡を優雅に立ち昇らせている。それを注ぐサービスマンが手にしていたボトルの銘柄を見て、幸太は驚いた。それは高級シャンパンと名高いクリュグのヴィンテージもので、披露宴で出すような代物ではなかった。このレストランのオーナーであるということで、中島翁だけに特別に用意されたものかもしれない。

「それでは、僕が乾杯って言ったら皆さんも続いてお願いします。えーっと、新郎新婦ならびに両家御親族、また、皆様の今後の御多幸を願いまして——乾杯！」

司会者の紹介を受けてマイクスタンドの前に立った、貴史《ひたい》の親友だという茶髪の若い男が乾杯の音頭を取った。出席者たちは声を揃え、各々のグラスを額の前に持ち上げながら乾杯の言葉を唱和した。

ワインをひと口飲んだ瞬間、幸太は目を見開いた。サービスマンがテーブルにクリスタルのワイングラスを置き、ボトルから中身を移してあったデカンタで白ワインを注いでいったときから、その澄み切った蜂蜜《はちみつ》のような色と、微かに鼻腔《びこう》をくすぐる甘い香りが気にはなっていたのだが、そのときは、まさか、という思いのほうが完全に勝っていてわからなかった。

すぐにもう一度ワインを口に含み、今度はじっくりと舌の上で転がした。とろりとした舌触りと甘く高貴な味わいが広がった。間違いない、と幸太は確信した。一年前、結婚祝いとして知人から贈呈されて以来、忘れられない味がそこにはあった。

「この香りはディケムやな」

幸太の驚く様子を眺めていた中島翁が、ぼそりと呟いた。

シャトー・ディケム。糖度の高い甘口ワインである、貴腐《きふ》ワイン、の中でも世界最高峰の品質として知られ、純金のワイン、とも呼ばれているそのフランス産白ワインは、味もさることながら値段も非常に高価なものだった。以前、幸太が訪れたことのあるレストランのワインリストには、最良の年とは言い難いヴィンテージのフルボトルで、一本八万円もの値が付いていた。世界の食通たちの間では、フォアグラとよく合うワインとしても知られている。

その高価なシャトー・ディケムが、まさか披露宴用のグラスワインとして出てくるとは思いもしなかった。そのことにも驚いたが、漂ってくる香りだけを嗅ぎ取って銘柄を言い当てた中島翁には、もっと驚いた。にわかには信じ難いことだった。

「わかるんですか」思わず、幸太は言葉を発していた。

「わかりますとも」中島翁は、事もなげに言った。「この、黄桃や杏《あんず》、カラメルを思わせる甘く豊かな香りはディケムしかない。更に言いますと、そのディケムからは若さを感じますな。しかし、幼い若さではなく、成熟した若さです。おそらくは十年程前の偉大なヴィンテージ……一九九七年のものでしょう」

「まさか……」幸太は絶句した。それが本当だとしたら、卓越した知識もさることながら、この老人は驚異的な鼻を持っていることになる。

幸太の思いを察したのか、中島翁は相好を崩した。

「信じられない、といった顔付きですな。よろしい、証明してみせましょう」

そう言うと、中島翁は手を挙げてサービスマンの一人をテーブルに呼んだ。

「こちらの青年に出したワインの銘柄と、それが何年のものなのかを教えてくれ」

「かしこまりました」サービスマンはうやうやしく答えた。「料理に合う白ワインをという御要望でしたので、オードブルに合わせたものを御用意致しました。シャトー・ディケムの一九九七年ものでございます」

中島翁は満足そうに頷くと、幸太に向かって微笑んだ。

「私の鼻はね、特別製なんですわ。そして――」唇の間から舌を出し、それを指差してすぐに引っ込める。

「こっちは、もっとすごいことになってますわ」

ワインの一件で、幸太の料理に対する期待値はいやがうえにも増した。披露宴で出される料理は通常の営業で提供されているそれと違って、格段にレベルの落ちるものかもしれない、という頭の隅にあった思いは一瞬にして消し飛んでいった。

そしてそれは、すぐに証明された。燭台の蠟燭《ろうそく》に火が灯され、その明かりにクリスタルグラスが煌いたとき、コース料理は開始された。

オードブルに出てきたのは、スープボウルの底にグリーンアスパラガスのジュレ寄せを敷き詰め、その上に表面を香ばしく焼いたフォアグラと、何やら真っ白なムース状のものを重ねた料理だった。傍らには、新婦の持つブーケをイメージしたのであろう、茎の部分を束ねた色とりどりの葉野菜のサラダが添えられている。彩り豊かな、見事な盛り付けだった。

サービスマンはその料理名を、フォアグラのメレンゲ仕立てだと言った。ということは、この白いムース状のものがメレンゲで出来ているのだろう。幸太は、何や妙な取り合わせやな、とその味に半信半疑でナイフとスプーンを手にした。

口に入れた瞬間、幸太は言葉を失った。

とろけるようなフォアグラの濃厚さと鮮度の良さはもちろんのこと、脇を固めるアスパラガスのほろ苦い甘みとふわふわの食感のきめ細かいメレンゲ、そしてその中に忍んでいたトリュフの鮮烈な香りが一体となった、素晴らしい逸品だった。適度に散らしてある緑色の葉の塩味が、ぼやけがちな味を上手に引き締めている。しかも、それらは主役の引き立て役に過ぎず、舌の余韻はあくまでもフォアグラのものだった。シャトー・ディケムを口に含むと、その味わいがまた別の極上品となって舌の上を駆け抜けた。料理とワインの相性は、最高の芸術に値するほどにぴったりと合っていた。

幸太が一番心を奪われたのは、フォアグラに乗っていたメレンゲだった。食感は上質のメレンゲにあって、その味はただのメレンゲにあらず、フォアグラの旨み溢れる不思議なメレンゲだった。こんな料理は、見たことも聞いたこともなかった。

「エルヴェ・ティスを御存じですかな」

考え込む幸太を見て、中島翁が口を開いた。

「えっ？　……いえ、知りません」

「フランスの高名な物理化学者の名前です。ガストロノミーという言葉は御存じでしょうか。日本語に訳すと、美味学、という学問のことです。エルヴェ・ティスという男は、分子ガストロノミー、という自身が創設した学問を研究していましてな、まあ早い話が、料理を科学という観点から研究しているのです。例えばゆで卵です。何故卵白から固まっていくのか、何故加熱しないと出来ないのか、こういった、何故その料理が成り立っているのか、ということを、化学と物理といった側面から捉え直し、分析しているのです。その結果、分子料理法、といったまったく新しい調理法が確立されたのです。そして、エルヴェ・ティスはこの一連の研究の応用として三ツ星シェフのピエール・ガニエールとタッグを組みました。新しい料理を開発し、それを実際にガニエールの店で提供しているのです。このフォアグラの料理はですな、その分子料理法をベースに、この店のシェフである石国が開発したオリジナル料理なのです。驚くのも当然でしょうな」

初耳だった。料理人として、それを知らなかったことに何ともいえない恥ずかしさを覚えた。同時に、石国というこのレストランのシェフの腕に嫉妬《しっと》もしていた。

最初の一皿からして頭をがつんとやられた。幸太は、まるでテストの解答に悩む受験生のように難しい顔をして味を吟味し、舌の感覚を研ぎ澄ませた。

「お父ちゃん」ブーケ状に束ねてあるサラダを直接手で摘《つま》み、それをばりばりとかじりながら、木下麻紀が口を開いた。「このフォアグラに散らしてあるしょっぱい緑色のやつは、何かの塩漬けか？」

「ああ、それか……」中島翁は、幸太に目を向けた。「柴山さんは御存じですかな」

「あ、はい。バラフですよね」

「バラフ？」

木下麻紀は首を傾げ、中島翁は、ほお、と感心したように目を細めた。

「アフリカ原産の、塩味のする不思議な野菜です。人工的に味付けしたのではなく、葉っぱそのものが塩分を含んでいるんです。肉厚でシャキシャキした食感が面白いアクセントになるので、僕も時々使ってます」

不思議そうな顔をする中島翁に、木下麻紀は言った。

「柴山さんはね、料理人なんやって。フレンチやら何やらの料理を出すビストロを、自分でやってはるんやって」

「はあ、そうでしたか」納得したように、中島翁は頷いた。「それでは、これはおわかりですかな。このグリーンアスパラガスのジュレ寄せは、ただのコンソメジュレで固めているのではなく、それと一緒に、ほんの少しだけあるもののエキスが加えられております。そのひと仕事がアスパラガスの旨みを引き立て、フォアグラに負けない味を生み出しているのです。何のエキスかおわかりかな」

突然の問いに、幸太は戸惑った。が、中島翁の隣で見下したような顔をしてにやにやと笑っている木下麻紀を見て、闘争心に火が点いた。

幸太はアスパラガスのジュレ寄せだけをスプーンですくい取ると、口に運んでその味を慎重に紐解くように確かめた。綾香のはらはらとした様子が伝わってくる。数秒後、幸太は答えを導き出した。

「アスパラ……ホワイトアスパラガスですね？　ホワイトアスパラガスのエキスが入ったコンソメジュレで、グリーンアスパラガスを寄せています……絶対そうや、そやから野趣溢れる甘味が強いんや」

独り言のように自身の解答を披露する幸太に、中島翁はにこやかに手を叩いた。

「正解です。グリーンとホワイトの味の違いをよくぞ混同せずに見極めましたな。しかもホワイトアスパラガスのエキスは、この一皿にあるジュレに対してほんの一滴、二滴くらいしか使われていません。なかなかに優れた舌をお持ちでいらっしゃる。どうやらあなたは素晴らしい料理人のようだ」

綾香が小さく息をつき、幸太は胸を撫で下ろした。

木下麻紀は面白くないといった様子でビールをあおると、幸太と同じ様にアスパラガスのジュレ寄せだけを口に含み、しきりに首を捻っていた。

ふと幸太は気が付き、疑問に思った。木下麻紀の前には、自分のものと同じ量で盛り付けられたオードブルがあったが、中島翁のそれは半分にも満たない量しか盛られていなかった。綾香に至っては、全然違った料理が盛り付けられている。

「どないしたんや。別のものをくれ、って言うたんか」幸太が囁くと、綾香は首を振った。

「何も言うてへんよ。そやけど、これめっちゃ美味しいから別に構へんで」

綾香が口に運んでいたのは、薄茶色と鮮やかな緑色で形成されたモザイク模様のテリーヌのようなものを、中心をくり抜いたパンの中に詰めた一品だった。

「豚レバーとほうれん草のブリオシュ詰めですな。鉄分の多い食材を使用した、妊婦さん用の料理です。塩分は極限まで控えているはずですから、安心して食べてもらえると思います」

中島翁の言葉に、幸太は綾香の料理をひと口味見した。洗練の極み、とでも表現するのがぴったりと当てはまるだろうか、レバー特有の臭《くさ》みがまったくしないあっさりとしたパテからは、確かに微量の塩味しか感じられない。全然味が付いていないのでは、と思えるほどだった。

これほど塩分を控えているのに、どうしてここまで臭みを抑えて旨味だけを引き出せるのか。驚嘆すべき技だった。味を良くするために塩分を足すのではなく、味を良くするためにわざと塩分を控えている、そんな料理だった。すこぶる美味なその味は、妊婦用だからといって通常の料理に劣っていることは何らない。

「あの、どうして中島さんの皿の量はそんなに少ないんですか」

幸太はもう一つの疑問を口にした。その質問には、木下麻紀が答えた。

「さっき言うてたでしょ、肝臓をやられてますんや。そやから、こってりとした料理はあかんのです。ほんまは、ひと口だって食べてほしくないんですけど、お父ちゃんの楽しみを奪ってしまうのも何やから、せめて量だけは減らすようにしてますねん」

「今更ですけどな」中島翁は薄く笑みを浮かべた。「私の肝臓はぼろぼろで回復の見込みはないのです。肝硬変を患っていましてな、食事療法なぞはすでに役に立たない。これ以上の進行を防ぐ気休めでしかないのです。ですから正直に申しますと、私はもっと食べたいのです。実際、娘にどれほど言われても、私は食べることを制限しなかったでしょう。私が食事の量を制限しているのは、身体のためではないのです。肝硬変を患うと、腹が張って食欲が低下しましてな、これ以上の量は身体が受け付けないのですよ。ただそれだけです。食べることに生涯を捧げてきたのですから、私は死ぬまで食べ続けたい。その結果の死は、むしろ本望です」

「また、そんなこと言うて……やめてや、お父ちゃんが死んでもうたら、うちはどないしたらええの。それやなくても、遺産目当てのハイエナたちを追っ払うのに大変やっちゅうのに……」

「いずれ訪れることや」中島翁はグラスに口を付けた。「麻紀には可哀相なことやが、わしは、わしが死んだ後のことはどうでもええ。何の気がかりもないわ。大切なんは今や。まだ生きてる今や。人生の終焉《しゅうえん》を目前にして何をすべきか、遣《や》り残したことはないか、それが大事なんや」

蝋燭の明かりの向こうで、中島翁の窪んだ目が生きいきとした光を放っていた。そこには、衰えて枯れていくだけの老人の姿はない。彼は、死ぬまで目的を持って生きようとしている。幸太には、この老人の若さの秘訣《ひけつ》がわかったような気がしていた。

「あの、さっき伺ったのですが、以前は料理に関するお仕事をされていたと……」

幸太の言葉に、中島翁は表情を緩めた。

「くだらん仕事です。他人の作った料理を食べ、それを勝手に批評する。そんな嫌われる仕事を四十年近くもやっておりました。お陰で、私の意思とは反するところで、望まざる敵をたくさん作ってしまいました」

「聞いたことありません?」木下麻紀が口を挟んだ。「お料理をしてるんやから、柴山さんもたぶん知ってますわ。料理評論家の中島弘道《ひろみち》って名前よりも、通称のほうが知られてます。ゴッド中島、って知りません?」

「あっ」と幸太は声を上げた。「知ってます。知ってるどころか、雑誌に連載されてたレストランの辛口批評のエッセイが大好きで、いつも読んでました。僕がまだ駆け出しの頃ですから、十年くらい前になるでしょうか」

「週刊ライジングですな。私の最後の仕事です」中島翁は目を細めた。「その仕事の最中に、私は救急車で病院に運ばれたのです。検査の結果、肝臓の障害を示す数値が異常とかで、そのまま入院してそのまま引退しました」

幸太は、目の前の中島翁をまじまじと眺めた。確かゴッド中島は、雑誌の連載だけでなくテレビにも出演していたはずだ。高校生くらいの頃だろうか、親と一緒に見ていたグルメ番組の中でその姿を目にした記憶がある。よく見ると、わずかに面影が残っているような気がするが、そのときの体型と今の体型はまるで別人だった。

察したのか、中島翁は高らかに笑った。

「どうやら柴山さんは、私のあまりの変貌ぶりに驚いているようですな。テレビ番組などに出演していた頃の私の太り方は異常でしたからな。肝障害で入院したために、医者から強制的に減量させられたのです。あのときが、私の七十数年にもなる人生で最も苦痛でしたわ。病院食というものは、身体の機能を正常に保つための栄養に過ぎない、実に美食からはほど遠いものでした。十年でここまで痩せることには成功しましたが、それでも病気の進行は防げなかったようです」

「そやけど、もし痩せへんかったら、とっくにお父ちゃん死んでたで」

「まあ、そうかもしれへんけどな、わしは別に死ぬのは怖ない。美食の代償やからそれはしゃあないことや。痩せたことに対して感謝してることがあるとすればやな、こうしてお洒落をして貴史の晴れ姿を見ることが出来たくらいのもんや」

そう言うと、中島翁は幸太と綾香に向けて微笑んだ。

「さあ、歓談はこのくらいにして料理を楽しみましょう。もっとも、これから出てくる料理の前では、私が言わずとも皆さん沈黙することになるでしょうがな」

中島翁の言葉通り、それからテーブルの上では感嘆の声しか漏れなくなった。オードブルでは驚きのあまりに雄弁になっていたが、いつしか幸太は自分でも気付かない内に味の虜《とりこ》となり、言葉を忘れていた。

二皿めに出てきた旬の真鯒《まごち》のグリエでは、ソース代わりに添えられたリゾットとクスクスの深い味に溺れ、香ばしく柔らかい、しかしほどよい弾力を残した真鯒に脳髄がうっとりとまどろんだ。メインディッシュとなる鳩《はと》のオルロフ風では、モルネーソースときのこのデュクセルが織り成す美食の桃源郷のような味わいに意識が侵食され、しばし舌の上で快楽が優雅に舞った。

それは会場内の全てのテーブルも同様だった。出席者たちは皆沈黙し、夢中になって料理を味わった。想像を遥かに超えた美食の前に、人間が跪いているような光景だった。

真鯒のグリエでは、一九八六年もののコルトン・シャルルマーニュ、鳩のオルロフ風では、一九八二年もののシャトー・ペトリュスを飲んだ。中島翁が指示をし、サービスマンに特別に持ってこさせたワインだった。勧められるままに飲んだが、そのどちらも料理と見事な共演を見せた。幸太は、これほどまでに美味で高級なワインを口にするのは初めてだったため、今日、中島翁と偶然にテーブルを共にすることになった幸運に、心から感謝していた。

デザート前の口直しとして、月山錦《がっさんにしき》という黄色い果皮のさくらんぼを使用した、少量のクレームブリュレとソルベが出てきた。これだけ甘さを控えてどうやって固めたのだろう、と思うほどに素材の味が際立った、高貴な味わいだった。

「はあ、すごかった。信じられへん」

口直しのデザートを平らげた少しの後、綾香がため息とともに声を漏らした。

綾香の前に出されていた料理は、幸太のそれとは終始違っていた。オードブルが実に素晴らしかったので、幸太は、妊婦用だというコース料理も綾香から少しもらって一緒に味わおうと考えていたのだが、目の前の料理の味にあまりに没頭していたために、そのことをすっかり忘れていた。

「どうやった？　美味かったか」

幸太の言葉に、綾香はとろんと陶酔したような目で言った。

「美味しいどころやあらへんわ。こんなすごい料理を食べてもうたら、他のもんがゴミみたいに思えてまうわ」

「そうか……」

綾香が口にした感想は、『ザガットサーベイ』で目にした評価コメントと同様のものだった。実は、幸太も同じ感想を抱いていた。飲食店としてのスタイルも違えば、扱っている素材の質だって天と地ほどに違うのはわかっていた。けれど、それを超越するものがこのレストランの料理にはあった。自分の生み出している料理への自負が、失われそうなほどに揺らいでいた。

オードブルにしろ、メインディッシュにしろ、料理を知らない人間と違ってその調理工程が想像出来てしまうせいで、幸太の受けたショックは大きかった。

まったく同じ材料を用意されて、さあ作ってみろ、と言われたところで、果たして同じものが作れるだろうか。手取り足取り指導されたところで、あの絶妙な火加減、塩加減が真似出来るだろうか。到底自信はなかった。

新郎新婦が再入場し、デザートのワゴンサービスが始まった。純白のウェディングドレスから真紅のロングドレスに着替えた美佐は、ウエスト上部から外に広がった形のドレスのせいで、やはり妊婦とは思えないほどにスリムに見えて美しかった。

木下貴史の装いも、シルバーのロングタキシードという派手な格好に変わっていたが、高い身長と持ち前の美形が衣装負けしておらず、よく似合って見えた。

取り分けてもらった三種類のケーキはどれも美味しく、幸太の味覚を充分に満足させるものだったが、焼き付いたばかりの強烈な舌の記憶に並ぶほどのものではなかった。

「もうたまらんわ。めちゃめちゃ美味しい」

綾香の絶賛する声を鼓膜に感じながら、幸太は皿に残っていたケーキ、マルジョレーヌの最後の一片を口に入れた。アーモンドとヘーゼルナッツの香ばしい甘さが舌の上で溶けた瞬間、フォアグラ、真鯒、鳩の余韻が津波のように寄せ返してきた。

食事歓談が終わった後は式典の第二部が始まったが、幸太はそのひと時を、別次元の美食の衝撃に酔ったままの惰性でぼんやりと過ごした。結局、披露宴が終了するまでの間に、木下貴史の父親が戻ってくることはなかった。

第二章

1

その日、原田淳一《はらだじゅんいち》は仕事場にこもって残業していた。戦場のように忙しかった現場はすっかり静まり返り、後片付けの終わった厨房はどこもかしこも光り輝いて塵《ちり》一つ落ちていない。彼以外の従業員は、すでに全員帰宅している。

時計の針は午前零時を指そうとしている。淳一は、明日行われる会員制の特別ディナーコースで使用する、出来上がったばかりの特製フォン・ド・ヴォーを漉《こ》していた。これが最後の作業となる。朝の九時からほぼ働き通しだったために、さすがに身体の節々が疲労を訴えている。

会員制の特別ディナーコースの食事会、美味極食会《びみごくしょくかい》、は月に一度、店の定休日である月曜日に開催されていた。その下準備は、事前に選ばれた者がたった一人で、会の前日に行わなければならないと決められている。淳一がその指名を受けたのは、この店で働き出して以来初めてのことだった。

淳一は感激していた。何故ならば、料理長である石国努《つとむ》を除いて二十名あまりの料理人が在籍している厨房スタッフの中で、今まで特別ディナーコースの下準備という栄えある仕事を任されていたのはほんの数名、しかも、副料理長を筆頭としたトップクラスの料理人ばかりだったからだ。

絶対成功させて石国シェフに認められるんや、と淳一は突然降ってきた重大な役目に興奮して気合を入れたが、同時に不安も感じていた。特別ディナーコースの下準備を命じられたということは、その腕を試されているということでもある。

仕込んだものが気に入らなければ、それを全部廃棄して石国自ら作り直すとも聞いている。下準備を任せる仕事は部下を鍛えるために始められたこととはいえ、そんな耐え難い屈辱は受けたくなかった。

美味極食会で提供される特別ディナーコースは、オードブルからデザートまで、その全ての料理を石国がたった一人で作り、そのサービスまで行うという、何とも贅沢なものだった。

通常、レストランで提供されている料理というものは、たった一人の人間では作ることが出来ない。世間的に名の知れた、有名シェフが料理長を務める店に食事に行ったところで、出てくる料理の全てをその有名シェフが作っているわけではない。それどころか、その全てが別の人間の手によって作られているケースがほとんどだ。料理長というものはいわば監督のようなもので、メニューとその作り方、盛り付けを考え、部下の作る出し汁やソースの味を確かめ、料理全般を管理するのが仕事だった。有名シェフの店に食事に行ったらその味にがっかりした、というときなどは、その有名シェフの管理能力が欠如しているという理由がほとんどかもしれない。一流の味を保っているレストランというものは、料理長の管理能力が素晴らしいということでもあるのだ。

その点から考えると、料理長が実際に塩を振り、焼き、盛り付けた皿を口にした客というのは、非常にラッキーな体験をしたといえる。やはりそこには技の冴えの違いが多少なりとも現れ、味に微妙な差を生み出すからだ。

淳一の聞いたところによると、そもそも美味極食会というものは、店に訪れてくれた客に自分一人だけで完成させた料理を心ゆくまで味わってもらいたい、という料理人ならば誰しも持つ欲求を、石国のためにオーナーが企画して実現させた食事会らしい。通常営業の中でそれをするのはさすがに困難なため、店の休日を利用して会員制という形を取り、VIP用の個室で少人数だけを相手にしている。明日の招待客は四名とのことだった。

通常営業でしている数十人分もの仕込みに比べれば、四名分だけの下準備を行うのは遥かに楽な作業だった。しかも、今日は結婚披露宴が入っていたために、いつもは午後十時で閉店するところを、午後六時に繰り上げて閉店していた。披露宴では普段用意してあるコースメニューとはまったく違う料理を出すために、通常営業用の仕込みをいっさいしないからだ。これは、常に一気入魂の料理を提供する、という石国の方針であった。

下準備をしておくものの内容は、フランス料理の出し汁の名称である、フォンを用途に分けて数種類仕込むのと、翌日使用する食材を扱いやすいように仕分けをし、その下処理をすることだった。フォンは数時間かけて煮出さなければならないために、午後十時以降から仕込みを始めると、終わるのは早朝になってしまう。その点に関していえば、四時間も早く作業を始められるというのはありがたいことだった。

フォン・ド・ヴォーの漉しが終われば、それをもう一度火にかけて沸かし、浮いてくるアクと脂を取り除く。その後、鍋の周囲を氷水に当てながら急速に冷まし、冷蔵庫に入れて保存する。それで全ての仕込みは終了する。

それにしても贅沢なフォン・ド・ヴォーだった。フォン・ド・ヴォーとは、仔牛のすね肉、仔牛の骨、数種類の野菜に焼き色を付け、様々な香草類と一緒にそれらをたっぷりの水の中に入れて味を煮出す茶色いフォンのことで、フランス料理には必要不可欠なものだったが、今回仕込んでいたのは、普通のそれとは違っていた。

淳一が指示されていたレシピでは、水と一緒にフォン・ド・ヴォーも使用していた。つまり、フォン・ド・ヴォーをフォン・ド・ヴォー自身で煮出すのだ。今夜彼が仕込んでいた他の数種類のフォンも、同じ様にして作っていた。

こんなに濃厚なフォンを使って、石国シェフはどんな料理を作るのだろう。きっと、見たこともないような素晴らしい料理に違いない。それに、それを味わう美味極食会の会員たちというものは、一体どんな種類の人間なのだろう。淳一は思っていた。

いつも店で使用しているフォンの材料は、いずれも最高級のものばかりだった。おそらく日本中を捜しても、そんなに高価なフォンを作っているレストランはないだろう。それを、倍の材料費をかけて更に高価なフォンを作っているのだ。世界中にだってそんなレストランは存在しないかもしれない。

必然的に料理の売値は跳ね上がる。フォンからしてこの調子では、特別ディナーコースで使用する材料、その全てに想像もつかないような金のかけ方をしているのだろう。真の美食というものは、ほんの一握りの金持ちしか味わえないものなのかもしれない。

淳一を特別ディナーコースの仕込み係に抜擢してくれた副料理長の中野からは、朝の七時頃に石国シェフが出勤してくるので、それまでには確実に終わらせて帰宅すること、というお達しを受けている。なにぶん初めて経験することだったので、時間配分がわからずに焦りながら準備をしていたが、随分と余裕を持って終了出来るのはもう確実だった。披露宴がなかったとしても、充分に間に合っていただろう。

美味極食会の開催される日は、料理に関してはもちろんのこと、テーブルセットやトイレ掃除に至るまで、客をもてなすために準備すべきことは全て石国一人の手で行うので、決して手を出してはならないと決められている。彼はそれを喜びとしているので、余計な気遣いは無用ということらしい。

ということは、自分の仕込んだものに対する合否の結果は、休み明けの火曜日に出勤してみないとわからないということである。まるで蛇の生殺しのようだった。折角の休日だというのに、落ち着いて休んでいられるわけがない。

このまま朝まで石国が出勤してくるのを待って、せめて味の判定だけでもこの場で下してもらいたかったが、それは彼がひどく嫌うということだったので、残念ながら諦めるしかない。彼が極端な人嫌いであることは淳一もよく知っていたし、絶対に顔を合わせてはならない、と中野からもきつく言い渡されている。合否結果も中野を通して伝えられるようだった。直接訊いてはならないらしい。

石国は、料理人としては素晴らしく尊敬出来るが、人間的には欠陥があると思わずにはいられない男だった。愛すべき面がどこにもないのだ。ナポレオン風に言うならば、彼の辞書に表情という文字はない、というくらいに喜怒哀楽を表さない男で、職場の人間に仕事以外での関係を少しも求めようとしない。プライベートを語ったこともなければ、それを知る者も誰一人としていない。要するに、料理にしか興味がないのだ。それ故に、尊敬はされていても、裏では料理マシーンと陰口を囁かれてもいる。

淳一は、漉し終わったフォン・ド・ヴォーを火にかけるために、深鍋の取っ手を両手でつかんで力いっぱいに持ち上げた。そのとき、足元が滑った。

「うわっ！」

右足を宙に浮かせた淳一は、はずみで深鍋から右手を放してしまった。一方の支えを失った鍋はバランスを崩し、鈍い音を立てて底から地に落下した。厨房の床に褐色の液体が溢れた。

「しまった！」

慌てて体勢を立て直したが、時すでに遅かった。深鍋にあったフォン・ド・ヴォーはその半分以上が零れ落ち、香ばしい肉の旨味を吸った床からは湯気が上がっていた。呆然となった淳一の目に映ったものは、香草類をセロリやポロネギと一緒にたこ糸で括って束にした材料、ブーケ・ガルニの無残に潰れた姿だった。どうやら、別のフォンを漉した作業のときに、誤って床に落ちていたらしい。それを踏ん付けてしまったのだ。疲労からなのか、腰の踏ん張りが効かなかった。

（ほんまかいや！　勘弁してくれや！）

急いで作り直すしかない、と淳一は慌てて時計を見た。午前零時十分を回ったところだった。石国が出勤してくるという午前七時まで、六時間五十分の時間がある。

（ぎりぎり間に合う！）

淳一は冷蔵庫に突進すると、猛烈なスピードで材料を揃え始めた。

「こんなことで信用を失ってたまるかいや！」

誰もいない静かな厨房の中、淳一の呻《うめ》くような声が響き渡った。疲労は昂《たかぶ》りに変わっている。彼は、目を剝いて身体を動かし続けた。

一から作り直したフォン・ド・ヴォーが完成したのは、それから実に六時間と三十分後のことだった。淳一は、石国が来る前に何とか全ての仕込みをやり遂げた。

（終わった……）

淳一はがっくりと首をうな垂れ、崩れ落ちるようにしてその場にしゃがみ込んだ。達成感と共に、忘れていた疲労を全身が思い出していた。

少しの間だけでも、ここでこのまま四肢を伸ばして休憩していたかったが、そうのんびりもしていられない。早く帰宅しなければ、石国と顔を合わせることになってしまう。

淳一は厨房内を眺め回した。床に零したフォン・ド・ヴォーは、新しいものを仕込み直して火にかけている間に、すっかり綺麗に掃除しておいた。残りの片付けも終了しており、後はゴミを捨てるだけとなっている。

後片付けの最終確認を終えると、ゴミ袋を手に提げたまま、厨房の隣に設けられている更衣室に向かった。先に着替えを済ませてから、帰宅するついでにゴミを捨てようと考えたのである。その前に、従業員専用の出入り口となっている扉の前にゴミ袋を置く。

コックコートのボタンを外しながら更衣室に足を踏み入れたとき、予期せぬことが起こった。従業員専用扉の向こうから、鍵穴に鍵を差し込む音が聞こえたのである。

淳一は飛び上がるほどに驚いた。

(シェフが出勤してきた!)

反射的に外したばかりのボタンを留め直すと、扉の前に置いてあったゴミ袋をどかしにいった。扉は内開きだったために、ゴミ袋がつかえて石国が中に入りづらくなると考えたからであった。

ゴミ袋を動かした瞬間、扉が開いて一人の男が顔を覗かせた。

「うわあ!」

開いた扉の向こうに立っていた淳一を見て、その男は大声を上げて驚いた。淳一も驚いた。そこにいた男は見知った顔だったが、石国ではなかった。

「あっ……おはようございます……」

男は、店のオーナーである中島弘道の娘婿、木下義明だった。痩せた身体を縮こまらせて目を剝いている姿は、フォンをひいた後の鶏《とり》の出しがらのようだった。

「……何や、君かいな。びっくりさせんといてえや」

肩を大きく動かして安堵の息を吐くと、木下義明は少し警戒するような目をした。

「どないしたんや、こんな時間に」

「あ、あの……今日の特別ディナーコース用の仕込みをしてたんですが、思ったよりも長引いてしまって……」

「……そうか、まっ、取りあえず入らせてもらうで」

そう言うと、木下義明は両手に抱えていたものと一緒に厨房内に身を滑り込ませ、それを床に置いた。テープと紐で厳重に梱包されたダンボール箱だった。

「それ、もしかして特別ディナーコース用の材料ですか」

淳一の言葉に、木下義明はダンボール箱に目を落とした。

「そうや。石国さんに頼まれてたもんや」

淳一は、木下義明が運輸会社の社長であることを知っていた。その関係で特別ディナーコース用の材料を仕入れているのだろうと察しは付いたが、まさか社長自ら配送してくるとは。不思議な思いがした。

「木下社長が持ってきていたなんて知りませんでした。いつもこんなに早いんですか」

「いや……今日は特別や。何や朝早うから仕込まなあかんとかでな」

「へえ、そうなんですか。こんなに朝早くから大変ですね」

「……まあな……しゃあないわ」

木下義明の様子はどこかおかしかった。落ち着きがなく、その目は興奮状態から覚めたばかりのように血走っている。寝不足で体調でも悪いのだろうか。

「中身は何なんですか」淳一は尋ねた。特別ディナーコースで出される料理の内容に強い興味があったのだ。

「大したもんやあらへん。何や、牛肉とか鶏肉とか、そんなもんやわ」

ありふれた材料名が、少し意外だった。

「希少なものではないんですか」

「……まあ、希少言うたら希少かな……」

「へえ、日本では手に入りにくい種類なんですかね」

「……そんな感じやろ……」

「あの、肉が入ってるんでしたら、僕が冷蔵庫に入れておきましょうか」

「いや」と木下義明は慌てた様子で手を振ると、まるでダンボール箱を盗人の手から守るかのように、その前に立ちはだかった。「すぐに石国さんに確認してもらわなあかんからな、それはええわ」

「はあ、そうですか……」

淳一は、木下義明の挙動不審な様子を奇妙に思ったが、それを口に出すことはしなかった。何といっても中島オーナーの娘婿である。失礼なことは出来ない。

「石国さんは？　まだ来てないんか」

その言葉に、はたと気が付いた。間もなく午前七時がやってくる。急いでここを出なければならない。

「すいません、僕、もう帰ります。シェフはもうすぐ来るはずですから……あの、それとお願いがあるんですが……」

「何や」

「僕が今の時間までいたってこと、シェフには内緒にしておいてもらえませんか。ばれるとちょっとまずいんで……」

　昨日、店を午後六時に閉めたことは石国だって知っている。それから早朝までかかって仕込みをしていたということがわかってしまうと、無能な奴だ、と見限られてしまうかもしれない。

「そうか、別に構へんで。黙っといたるわ」

「ありがとうございます」

　更衣室に飛び込んで猛スピードで着替えを済ませると、淳一は両手を合わせて懇願するようなポーズを作って、木下義明に念を押した。

「さっきのこと、ほんまに、ほんまに頼みます」

「ああ、任しとき。もうええから、早よ行き」

「はい、お疲れ様でした」

元気良く一礼すると、淳一はゴミ袋をつかんで厨房から飛び出した。

深く、長い息が吐き出された。張り詰めていた緊張が解け、脱力感が一気に訪れる。

腕時計に目をやると、時刻は午前六時五十分を越えたところだった。

(ぎりぎり間に合った……)

ゴミ袋を一旦地面に置くと、目をぎゅっと瞑って両手を挙げ、大きく伸びをした。筋の伸びる心地好い痛みと共に、欠伸が口から漏れた。そして、そこから少し離れた場所にある建物に向かって足を進める。

そこは、ハーバーランドの美しい景観を損ねないようにと、神戸市が用意した店舗専用のゴミ集積施設だった。赤いレンガ調のその小さな建物は、見た目には洋風のロッジのようにしか見えない。近隣店舗のゴミは、全てそこに集まる。

夜はすっかりと明けており、海から吹き付けてくる潮風は少し冷たかったが、徹夜明けの疲れた身体には気持ち良かった。神戸港で最も有名な建造物である赤いシンボル、神戸ポートタワーの足元にある観光遊覧船の旅客ターミナル付近は、昼夜は景色を楽しむ人たちの姿がちらほら見えるのだが、早朝は実に閑散としたものだった。人っ子一人見当たらない。

ゴミ袋を捨て終えた淳一は、帰宅するために駅に向かおうと今来た道を引き返した。レストランと隣接しているチャペルの姿が見えたとき、その前に一台の白い車が停まっているのが目に入った。さっきまではなかったはずである。

淳一は、その車が石国の乗ってきた車だと考えた。正にタッチの差で顔を合わせずに済んだのだと思い、ほっと胸を撫で下ろした。そのまま通り過ぎようと近付いたとき、車の中に動く人影が見えた。

慌てた淳一は、咄嗟に踵を返した。ここまできて顔を合わすわけにはいかない。見付からないように遠回りして駅に行こう、と街路樹に隠れるようにしながら駆ける。

車のドアの開閉音に、木の陰からそっと顔を出して振り返った。果たしてそこにあったのは、間違いなく石国の姿だった。

近道をするために、店の近隣に建つ大型ホームセンターの、駐車場入口にある侵入禁止のチェーンを跨いだ。国道二号線に出たところで、ここまで来たら大丈夫や、と足の速度を緩める。国道沿いの歩道を西に歩き、JR神戸駅へと向かう。

ほっとしたのか、途端に瞼《まぶた》に疲労を感じて眠気が押し寄せてきた。神戸駅から電車に乗り込んだら、すぐに二つ先の三宮駅で下車して神戸市営地下鉄に乗り換えなければならない。電車で眠っている暇はない。

(家に帰ってからゆっくり寝よう)

そう考えながら淳一は、首を回してごりごりと骨を鳴らした。

2

午前十時、青山篤志《あおやまあつし》はポケットの中で振動している携帯電話を取り出した。やっとかかってきよった、と思った着信画面には、休日には最も好ましくない人間の名前が表示されていた。嫌な予感にしばらくの間そのまま放っておいたが、一向に震えが止まらないその様子に、小さくため息をついた。

「おう青山、殺しや。早よ来い」

電話に出ると、班長である本多《ほんだ》は開口一番そう言った。

「勘弁して下さいよ」と青山は不機嫌な声を出して応戦する。「今日は俺、非番ですよ。ずっと楽しみにしてた映画を今から観るんですから。しかも女とですよ。もうチケットやって買うてるんです」

「どこの映画館や」

「モザイクっす。ハーバーランドですわ」

この言葉は、墓穴を掘ったようだった。本多は、おお、と嬉しそうな声を上げた。

「そしたら丁度ええわ。現場はお前の目の前や」

「どういうことっすか」

「映画館から出てポートタワーを見てみいや、下にぎょうさん人だかりが出来てるわ。ほなな、待ってるで」

電話は一方的に切られ、青山は舌打ちをした。約束していたはずの女は来ないし、連絡もない。上映時間間際になってやっとかかってきたと思った電話は、女からではなく仕事の強引な呼び出しだった。彼は二度めの小さいため息をつくと、手にしていた二枚の映画鑑賞券を恨めしそうに数秒見つめ、腰を上げた。

チケット販売窓口に並ぶ列の最後尾に近付くと、青山はそこにいた十代半ばくらいに見える若いカップルに声をかけた。

「なあ、君たち、チケット買わへんか」

「ああ？」と顎の辺りまである前髪の隙間から、若い男が怪しむ目を光らせた。

「今から映画観るんやろ。俺もそのつもりやったんけどな、急用が出来てもうて観られへんくなったんや。一枚千円で売ったるから、買わへんか」

若い男は警戒しているようだったが、目の縁を真っ黒に塗りたくり、唇に光沢を持たせた化粧をしている、褐色の肌の若い女は興味を示した。

「おっちゃん、何の映画観るつもりやったんや」

「これや」青山は指で摘んだ映画鑑賞券を、顔の前でひらひらと揺らした。

「うちらが観るやつとちゃうわ。いらんわ」

若い女は素気なく言うと、フリルの付いたミニスカートを翻して青山に背を向けた。

「おっちゃん、悪いな。他当たって」

若い男の言葉に、青山は言った。

「君ら、高校生やろ。学校はどないしたんや。俺に補導されるのと、二千円の保釈金払うのと、どっちがええねん」

「おっちゃん警察か」

若い男の腰が引け、若い女は、げっ、と蛙のような声を出して振り向いた。

「そうや、生活安全部の少年育成課というところに所属しとる。少年たちの補導をする仕事をしてるんや」

青山は、そう言ってジャケットの胸ポケットから黒い手帳を出し、若い男の眼前に突き付けた。本物の警察手帳ではなく、プライベートで持ち歩いているものだった。生活安全部の少年育成課に所属しているというのもまったくの嘘であった。彼の配属されている部署は、兵庫県警察本部の刑事部、捜査第一課である。

効果はあったようだった。若いカップルは額を寄せて何やら相談し始めた。青山は手帳を胸にしまい、その様子をのんびりと眺めていた。

「その映画、おもろいか」

少しの後、若い男はそう言った。青山は、思惑通りに事が進んでいることに満足した。

「当たり前やないか。おすぎ絶賛の映画やで」

「嘘やん、マジで？」若い女は嬉しそうな顔をした。

「ほんまや。君らが何の映画を観るつもりやったかは知らんけど、これを観いひんかったらピーコもびっくりやで」

　きゃはは、と若い女は笑い声を上げ、若い男も笑みを零した。

「わかったわ、おっちゃん。買うたるから、補導は勘弁してえな」

「毎度あり、おおきに。そやけどな、そのおっちゃん、って言うのはやめてくれや。俺はまだ三十三やし、若く見えるって評判なんや。そんなに老けて見えるか？」

「いや」と若い女は青山をまじまじと見る。「おっちゃん男前やし、普通なら若く見えるかもしれんわ。やけど、私らから見たら二十三でも充分おっちゃんやわ」

「君らいくつや」

　青山は若いカップルを見比べた。男の方は、よく見ると中学生のようなあどけなさが顔に残っていたが、肌を露出した服装の女の発育具合は、どう見ても高校生、へたをすると二十歳前後くらいにも見える。

「それ聞いたからって、また補導するって言わへんやろうな」

「言わん言わん。せやから教えてえや」

どないしよっかなあ、ともったいつけたような素振りで顔を見合わせる若いカップルに、青山は懇願するような顔を作って言った。

「どないしたら教えてくれる？」

「そうやなあ、もう少しまけてや」若い男は言う。

「自分らは元々一人千五百円やろ。二人分で千円もまけてるがな」

青山の言葉に、若い女はてかった唇で悪戯《いたずら》っぽく微笑んだ。

「一枚千円やったら、いっこもまけてもらってないわ」

青山は驚いた。映画館のチケット代は、一般が千八百円、大高生が千五百円、そして中学生までが千円というのが通例である。こいつら中学生やったんかいな、と改めて若いカップルの姿を舐めるように眺めた。

「わかったわ。一人五百円、二枚で千円にまけさせてもらうわ」

「ほんまに？　約束やで」

若い女は男に寄り添うと、豊かな胸を得意気に張った。

「この人は十四歳、年上の彼氏やねん。うちはもうすぐ十二歳、小学校六年生や」

〈モザイク〉の映画館を出た青山は、本多に教えられた現場に向かう前に、同じ施設内にあるロッテリアに立ち寄った。炭焼きチキンバーガーとロッテリアシェーキのバニラ味を購入し、それを手に海沿いの道を歩く。

神戸ポートタワーの周辺は、なるほど騒然としていた。数台停まっているパトカーを取り囲むように、多くの野次馬たちが集まっている。

炭焼きチキンバーガーにかぶり付きながら、青山は周りの景色を眺めた。私用でハーバーランドを訪れたのは随分と久し振りだった。海外からの輸入品を数多く取り揃えていることが自慢だった生鮮食品スーパーは、いつの間にか違う建物になっている。

陽の光を浴びて眩く輝く十字架が見えることから、おそらくここには礼拝堂があるのだろう。緩やかな傾斜のついた道の、最も高い場所に建って他の建物とは高低差がついているせいか、近隣に建つ庶民的な大型ホームセンターとの取り合わせにも、少しも威厳を損ねて見えない。

そこに隣接する建物の一階には、高級そうなレストランがあった。〈Cuisine de Dieu〉という屋号が見えたが、何と読むのかはわからなかった。

旅客ターミナルの前に差しかかったとき、遊覧船の出航を待っていた人間たちの会話が青山の耳に届いた。

「水死体が揚がったんやって」

「海に落ちて溺れたんかいな」

「いや、殺人らしいで」

「ほんまかいな」

タワーの下では、制服警官たちがロープを張って現場を守っていた。ハンバーガーの最後のひと塊を口に放り込むと、青山はロッテリアシェーキを持ったままロープをくぐった。

「あっ、ちょっと」と警官の一人が青山に威嚇の目を向けてきた。

「ふぇんふぇいのはほやま」

青山の言葉に、その警官は怪訝な顔で前に立ちはだかった。

「何をもごもご言うてるんや、ここは立入禁止や。さっさと出なさい」

右手を上げて、ちょっと待て、という仕草を見せると、青山は咀嚼を繰り返し、口の中のものを全て飲み込んだ。

「県警の青山」

そう言って胸の辺りを叩くと、警察手帳はここにある、という青山の仕草を理解したらしく、その警官は、失礼しました、と進路を譲った。

岸壁のすぐ傍に青色のビニールシートがカーテンのように張られ、野次馬たちの視界を遮っていた。非番の青山を呼び出した兵庫県警捜査第一課、一班の班長である本多はその前にいた。検視官である竹之内《たけのうち》と、険しい顔で何やら話し込んでいる。同じ県警本部捜査第一課の見知った顔の中には、数名の知らない顔も交じっていた。

おそらくは、所轄の神戸水上警察署の者たちだろう。

それぞれの人間たちに目礼をしながら青山がビニールシートに近付いていくと、本多の坊主頭と角張った頬骨が、首を支点に九十度回った。

「おう、御苦労さん」

そうは言ってくれたが、本多の言葉の中に労《ねぎら》いの感情は特にこもっていなかった。

「見るか?」とビニールシートを指差す本多に、青山は言った。

「俺、めし食ったばっかりなんで遠慮しときますわ」

ふん、と鼻を鳴らし、本多は唇を歪めた。

「悪かったな。折角買うた映画のチケット無駄にして」

「いえいえ」と青山は首を振った。「ちゃんと払い戻しましたから。格安に値切られましたけどね」

「何や、どういう意味や」

「こっちの話です。気にしないで下さい」

「女は?　納得したんかいな」

「そっちは高うつきましたわ。飲み代の払い戻しはいっこもなかったです」

本多は何か言いたげな様子を見せたが、すぐに、まあええわ、とまた鼻を鳴らした。

「どっちですか」

青山の問いに、本多の顔付きが険しいものに戻った。

「男や。松野庄司《まつのしょうじ》、四十八歳。運輸会社に勤めとる」

「もう被害者の身元がわかってるんですか」

ああ、と本多は小さく頷いた。

「財布に運転免許証と名刺が入っとったわ」

「そういうことですか。検視も終わったんですよね」

青山が目を向けると、竹之内は肩をすくめて言った。

「検視も何もあらへん、一目でわかったわ。海の中で呼吸困難に陥ったわけやなく、直接の死因は刺傷による心肺停止や。おそらくほぼ即死やろうな。三箇所刺されとるが、致命傷となったんは左胸下部の刺傷やろう、正面から突いとるわ。残りは腹や、二箇所とも斜めに突かれとる」

「刺されてから海に落とされたっちゅうことですね」

「そういうことや。大して見てへんから、後は解剖で絞り込んでくれや。わしの所見は参考程度にしておいてくれ」

そうは言っているが、これは彼のいつもの口癖で、実際は時間をかけて念入りに調べた上での所見に違いなく、その腕も確かであることを青山は知っていた。

「凶器は見付かってるんですか」

「いや」とこの問いには本多が答えた。「まだや。海ん中もさろうてるけどな、おそらく海にはないやろ」

「どうしてです？」

「凶器に使われたんは太くて鋭利な刃物や。おそらく包丁か登山ナイフの類《たぐい》やろう。そんなん持ち歩くっちゅうことは計画性があったんやろ。死体のすぐ傍に捨てたらすぐに見付かってまうことくらい、犯人やってわかるやろ」

「まっ、そうですね」

「今んとこの俺の考えはな」本多は続けた。「犯人はこの場所に被害者を呼び出した。腕などに防御創の痕も見られず、正面から無防備に刺されていることから、顔見知りで気の許せる相手やったんやろう。よろめいた被害者は犯人に持たれかかった。腹への刺傷は、そんときに犯人がとどめとばかりに突いたんやろう。斜めに刺されとるからな。至近距離からの刺傷で間違いないやろう。そして突き飛ばされて海に転落した。そんなとこやろう」

「ふうん」

　おそらく妥当だろう、と青山は思った。彼の足元周辺には、鑑識課員の手によって血痕が数箇所にわたって印《しる》されていた。それが岸壁まで続いているということは、被害者が岸壁の傍で刺され、後に海に転落したということを物語っている。特に際立った作為は見られない。

青山は腕を組み、竹之内に向けて言った。

「死後どのくらいですか」

「極めて短い」と竹之内は断定した。「角膜の濁りも薄いしな、死後硬直かてまだ全身に及んでおらん。死後二時間から五時間くらいっちゅうとこかな。まっ、わしの所見は当てにせんと、解剖待ちにしてくれや」

腕時計に目を走らせ、青山は本多に尋ねた。

「発見されたのは？　いつなんです」

「通報があったんは午前八時三十二分や。第一発見者は犬の散歩しとった主婦や。わしらが駆け付けたんが九時頃やな」

ということは、被害者は午前四時頃から午前七時くらいの間に殺されたということになる。この辺りでは、最も人気がなくなる時間帯だった。目撃者は誰一人としていないかもしれない。

「取りあえずは被害者と親しい人物を割り出し、アリバイを確かめるこっちゃ。ここいらの聞き込みは水上署の人間がやってくれとる。お前は被害者の会社に行ってくれや。もう事件の連絡はいっとるからや、楽に話が聞けるやろう」

「ええ？　マジっすか」と青山は露骨に顔をしかめた。「俺は今日非番っすよ、今からでものんびりと休ませて下さいよ。それに、この事件は楽勝でしょ。本多さんの言う通りに、ごく親しい顔見知りの犯行に間違いないでしょ。俺らが出張らなくたって、所轄の水上署に任せておけばすぐに解決しますよ」

「やかましい！」本多は一喝した。「青山、兵庫県警の活動指針は何やった」

「……初動は警察の命」

「そうやろが、基本理念は何や」

はーっ、と長いため息をつくと、青山は直立不動で敬礼の姿勢を取った。

「県民の安全を守る力強い警察、であります」

その大声に、周りにいた神戸水上警察署の人間たちは何事かと驚いた顔になり、本多は憎々しい顔で耳を押さえた。県警本部捜査第一課の人間たちは、聞こえていない振りを決め込んでいた。

「……ほんまに、お前は……」呆《あき》れた表情で本多は言う。「さあ、行くで。被害者の会社は八幡通や。フラワーロードからちょっと中に入ったとこに、ごっつ背の高い高級マンションがあったやろ、あそこの辺や」

「ち、ちょっと待って下さいよ。本多さんも行くんですか」

驚く青山に、本多の角張った頬骨がにんまりと動いた。

「当たり前や。お前を一人にしたら何するかわからん。俺はお前の監視役や、覚悟して仕事せえよ」

今日は朝からずっと嫌な予感がしていたが、それはクラブで気に入ったホステスにデートの約束をすっぽかされたことではなかった。これだったのか、と青山は落胆した。本多に付いてこられたところで、自分の捜査スタンスを何ら変えるつもりはなかったが、いちいち首を突っ込まれて説教をされるのが面倒だった。

「……会社名は何ですか」

覚悟を決めた青山に、本多は言った。

「木下運輸。主に通関手続きの代行をやっとる会社や」

3

神戸三宮の主要道路の一つである、フラワーロードの沿線一帯は、神戸貿易センタービルや神戸国際会館などを代表とする高層ビルが立ち並ぶ、神戸のオフィス街の中心地である。木下運輸株式会社は、そのフラワーロードの東側、中央区八幡通にある明和ビルディングという中層ビルの二階にあった。

応接室に通された青山と本多を待っていたものは、実物大かと思える大きな虎の剝《はく》製《せい》だった。今にも飛びかからんばかりの迫力のある形相で、やって来た珍客を部屋の隅から睨み付けている。

　虎の頭をひと撫でするると、青山は黒い革張りのソファに腰を沈めた。化粧の薄い中年の女が持ってきた湯呑に口を付け、ぬるいほうじ茶を啜りながら言う。

「本物ですかね。本物やったら問題かもしれませんね」

「何や、どういうことや」

　本多は自身の坊主頭をぼりぼりと掻きながら、さして興味もなさそうな顔をした。

「ワシントン条約ですよ。虎もそれに登録されてるんです。確か、一九七五年に国際条約として発効されて、日本では一九八〇年に批准されたんです。それ以降に日本に入ってきた虎の製品は、特別な許可がない限りは全て密輸なんです。これはどうなんですかね」

「お前、何でそんなに詳しいんや」

「神戸税関に知り合いがいましてね。色々と密輸取締りの話を聞くもんですから」

「それやったらな、もしその虎の剥製が本物で密輸の疑いがあるんやったら、その知り合いに言えばええ。俺らの仕事は犯人に繋がる情報を仕入れることや。そんなもんに興味を持って肝心なとこを見逃すなや」

　無言で肩をすくめると、青山は話題を変えた。

「ところで、本多さんの娘さんって、いくつになったんですか」

「もうすぐ十二歳や」

「小学校六年生ですか」

「そうや。それがどないかしたか」

「いやね」青山は笑みを浮かべた。「大変やろうな、って思いましてね。少年犯罪の低年齢化、ってのもそうですが、ませっぷりや発育かて低年齢化してるでしょ。男はまだ可愛いもんやけど、女は尋常やないですわ。小学生が高校生や、って言うてもわからん時代ですからね。そろそろ家に彼氏でも連れてくるんちゃいますか」

「あほう」と本多は睨《にら》みを利かせた。「あんなもんはまだまだガキや。昔に比べたら背が伸びとるだけで、他はいっこも変わっとらんわ」

「ふうん、化粧はしてます？」

「するかいや。したい言うても俺がさせへん」

嘲笑うように頬を吊り上げた青山に、本多は凄んだ。

「何やこら、おもろいことでもあったんか」

青山は動じず、腕を組んでソファにふんぞり返った。

「娘の部屋の引き出しを無断で開けたことがありますか、娘が外に遊びに行くのを尾行したことがありますか、娘が風呂に入ってるのを覗き見したことがありますか」

「何やそれは。わけのわからんことを言うな」

「親の知らんところで、娘は急速に成長し、確実に女になっているってことですよ。知らぬは親ばかりなり。まあそこまでしろとは言いませんけどね。頭から決め付けずに柔軟な発想で捜査に当たれ、っていうのは本多さんの口癖でしょ」

　本多は顔を茹蛸《ゆでだこ》のように紅潮させると、黙って考え込んでしまった。悪いことをしたかな、と青山はほんの少しだけ反省をした。

「まあ、とは言うても、結局は親ですわ。親がしっかり教育していれば、子は真っ当に育ちますわ。本多さんのことやから、どうせ厳しくしてるんでしょ。それやったら心配することはありませんわ」

「……ここ一年ほどはまともに口利いてへんわ……そういえば、突然塾に行きたいとか言うて毎週通っとるみたいやけど……ほんまに行っとんかいな……そやけどな、まさかそんなことは……いや、そういえば……」

　ぶつぶつと自問自答のように呟き出した本多に、青山が、まいったな、としかめ面で首筋を掻いたとき、扉をノックする音がした。本多はソファから立ち上がると、動こうとしない青山の肩を強く叩いた。

「おい、立てや」

　応接室の開いた扉から姿を現したのは、背が高く誠実そうな若い男だった。なかなかの男前やないか、と青山は眉をぴくりと動かした。

「どうも大変お待たせいたしました。木下貴史と申します」

差し出された名刺を見て、本多が、ほお、と小さく驚きの声を上げた。

「専務さんでっか。失礼ですが、随分お若く見えるというのに、大したもんですな」

その言葉に、木下貴史は硬い表情で微笑んだ。

「親父が社長をやっていまして、その関係から貰った、肩書きだけの能無しです。まだまだ修業中の身ですから。実際、警察のお二人には失礼なお話かもしれませんが、他の社員は仕事が忙しくて手が放せないものですから、一番暇な私がお話をしにきました」

「はあ、そうでっか」

本多は、青山にちらりと視線を送った。こんな若造で大丈夫かいな、とその目が語っている。

「どうぞ、お座り下さい」と促されるままに青山と本多はソファに腰を戻し、テーブルを挟んだ向かい側に木下貴史は座った。

「驚きました」唇を噛み、木下貴史は目を伏せた。「松野さんが殺されたなんて……まだ信じられません」

「お察ししますわ。つらいでしょうが、一刻も早く松野さんの無念を晴らすためにも、どうか御協力お願いします」

「何でも訊いて下さい。私どもが知っていることでしたら何でもお答えします」

「そう言ってもらえると助かりますわ。さて――」

　本多は湯呑を持ち上げ、唇を湿らせた。

「自己紹介がまだでしたな、私は本多といいます。こっちは部下の青山。ともに兵庫県警の刑事部、捜査第一課に所属しております」

「どうも、よろしくどうぞ」と青山が右手を伸ばして握手を求めると、木下貴史は戸惑いながらもその手を握り返した。本多が叱咤の目を向けてきた。そんな反応に慣れている彼は、気にも留めない。

「まず――」咳払いをし、本多は本題に入った。「携帯していた名刺にあった通り、松野さんはこの会社の事業部長をされてた、ということでよろしいですな」

「はい、通関部の事業部長です。社長の右腕といいますか、この会社の実質上のナンバー2です。私を一人前にするために鍛えてくれていた、私の指導係でもあります」

「最近の様子はどないでした。仕事やプライベートでストレスを抱えていたとか、得意先とトラブルがあったとか、そういったことはなかったでっか」

「そうですね、特には聞いてなかったです」

「松野さんのされていたお仕事の内容は？　どういったものでっか」

「ええと……」少し腰を浮かせてソファに座り直すと、強張った顔で木下貴史は深いため息をつき、両手で顔を覆った。「……ちょっと待って頂けますか……すみません……」

まだ気持ちの整理がつかない、といった様子だった。青山の見たところ、芝居のようには見えなかった。本多はその様子を黙って見つめている。奥に潜んでいるものを透視しているかのような、ベテラン刑事の目だった。

少しの後、ふーっ、と大きく息を吐き出した木下貴史は、顔を上げた。表情は曇ったままだったが、強い意志の感じられる顔付きになっていた。

「ごめんなさい、もう大丈夫です。ええと、松野さんの仕事内容でしたよね」

「はい、お願いします」本多は頷いた。

「松野さんは、うちの会社で一番のベテラン通関士でした。主な業務は、税関への申告業務の最終チェックを行うことでしたが、他の者では難しい案件があるときなどは、自ら担当して申告書を作成していましたし、税関検査の立会いにも出かけていました」

「……つまり松野さんは、この会社で行っている、通関業務の全てを統括している立場にあった。そういうことでよろしいですな」

「そうですね。それで間違いはないです」

「通関士というのは、確か国家資格ですな。あなたもお持ちなんでっか」

「いえ」木下貴史はかぶりを振った。「勉強中です。十月に試験がありますので、取りあえずはそれに挑戦します」

「はあ、そうでっか。それは大変ですなあ」

　本多は大きく頷きながらそう言ったが、特に興味は持っていなさそうだった。自然な笑顔に見える愛想笑いが見事だった。

「私の認識では、輸出入品の申告を依頼者に代わって行い、税関から国内への流入、又は流出の許可を貰う、というのが通関士の仕事やと捉えておりますが……」

「はい、おおむね間違いないです。重要なのは、誰が、どういった物を、どこから、どのくらい輸出入するか、というのを正確、かつ迅速に税関に報告し、依頼された物品をスムーズに通関させることです。輸入では、港に搬入された貨物の中から一刻も早く依頼者の下に物品が届くようにし、輸出では、外国への船便などに依頼された物品を一刻も早く載せるようにする。こういった会社の信用、利益になることはもちろん、特に輸入通関では社会的責任を背負っていますから、大変です」

「社会的責任、とは？」

「まず、関税の問題があります。輸入される物品の素材によって、かけられる税金というものは大きく変わるんです。これを見誤ってしまうと、国内に流通する物品の売り値に多大な影響を及ぼします。つまり、消費者が安く手に入れられるはずだった物が、高値で流通してしまう、ということです。もちろん、その逆もありますが。ですから、ありとあらゆる物品に関する知識が通関士には必要なんです」

「はあ、そうでっか。それは大変ですなあ」

本多はまたも愛想笑いの顔になっていた。青山は、その若さに似合わない木下貴史のはきはきとした応対に感心していた。映画館で出会ったあの子らも、こんな若者に育てば俺らの仕事も暇になるんやろうな、と思いを巡らせる。

「もう一つは、社会悪の対象になっている物品の流入を水際で阻止する、という責任もあります。税関の職員任せではいけないんです」

「ほう」本多の顔付きが変わった。「銃や麻薬のことでっかな。つまりは、密輸を防ぐと」

「その通りです」木下貴史は頷く。「日々の業務の中で、まれに勘が働くことがあるんだそうです。松野さんによるとですけれど……通関代行を依頼してきた会社とその物品、書類に目を通したときに、どこか怪しいと。実際、何度か密輸を水際で阻止したことがあると聞きました。銃とか麻薬ではなしに、象牙や毛皮、偽のブランド品といった類ですが。税関をすり抜ける間際の怪しい物品を調査し、摘発するのも俺らの仕事や、というのが、松野さんから私が教えてもらった通関士としての心得でもあります」

本多の目が鈍く光っていた。何を考えているのかが青山にもわかった。

木下貴史の言葉通りに、被害者が過去に密輸品を摘発したことがあったのならば、その線から命を狙われた可能性がある。そう考えているのだろう。

「虎は？」青山は口を挟んだ。

「は？　虎、ですか……」

困惑する木下貴史に、青山は部屋の隅を指差した。

「その虎の剝製ですわ。いつ頃からここにあるんです？」

ああ、と納得したように頷くと、木下貴史は言った。

「社長が子供の頃から家にあった物らしいです。この会社を興したときに、虎のように逞しく強い会社にしよう、という思いを込めてここに持ってきたと聞いていますが、私が思うには、社長は阪神タイガースの大ファンですから、そのせいではないかと……」

「ふうん、なるほどね。社長さんはおいくつですか」

「ええと、今年で五十四歳になります」

「って、いうことは……四十年以上前っちゅうことか。本物でもセーフやな」

「あの、この虎が何か？」

「いえいえ」と慌てて本多は大きく手を横に振った。「気にせんといて下さい。こっちの話ですさかい」

「はあ……」

青山に鬼のような一瞥を送った後、本多は言った。

「話を戻しましょ。松野さんの社内での評判は？」

木下貴史は、首を傾《かし》げて少し考えた。

「……おおむね良い、というのが適当なところだと思います。温厚ですが、情熱的な方でもありました。仕事熱心なあまりに、きつい言葉で社員を叱咤《しった》する姿を時折見かけましたから。好ましくないと思っている人間がいるのを否定はしません」

「あなたは？」青山がまた口を挟む。

「は？」と木下貴史は問い返す。

「あなたはどうやったんですか。松野さんからきつく叱咤されたことは？」

「私はなかったです。色々と指導は受けていましたけれど、社長の息子ということで甘くしてもらっていたのだと思います」

「嫌ってはいなかったと」

「はい」

「松野さんと対立していたと思われる人間は？　知っていますか」

「知りません」と答える木下貴史の表情には、不快なものが薄く浮かんでいた。社内の人間や自分に疑いの目を向けているような刑事の言葉に、侮辱を感じたのだろう。

本多の高圧プレス機のような視線を軽く受け流すと、青山は続けた。

「始業時間は何時なんですか」

「午前八時です」

「松野さんも？」

「はい。うちの社員はどんな役職に就いていようが、全員午前八時には出社することになってます。社員二十名ちょっとの会社ですから……不規則なのは社長だけです」

「ふうん。今日だけ出社時間変更の予定があったとか、そういった話は？」

「私は聞いておりません」

「自宅はどちらやったんですかね」

「ええと」と木下貴史は記憶を手繰《たぐ》り寄せるように宙を見つめた。「御幸通にあるマンションです。社長と一緒に何度か行ったことがあります」

「えらい近所ですね。ここからやったら歩いて十数分くらいちゃいますか」

「ええ、ですから、松野さんは会社まで歩いて通勤していました」

青山は思った。ということは、被害者の死亡推定時刻と見られる午前四時から午前七時までの間は、通常ならば、まだ被害者は自宅にいるはずの時間だろう。何らかの目的があって、わざわざ早朝を選んで人気のないポートタワーの下まで出向いていったのだ。何故そんなことをする必要があるのか、答えは明白だろう。被害者には、家族や他人に知られたくない秘密があったのだ。犯人に呼び出されたのか、又は呼び出したのか。それはまだ不明だったが、どちらにしろ、秘密があったからこその行動に違いない。

「ところで――」

青山が考えを巡らせている隙に、本多が割って入った。

「社長さんは、今日はおいでではないんでっか」

「ええ、まだ出社しておりません」

「いつもこんなに遅いんでっか」本多は手首に目を落とした。時計の針は午前十一時を回っている。

「いえ、いつもは遅くとも十時までには出社してくるんですが……急な仕事でも入ったのかもしれません……」木下貴史の表情に暗い陰が落ちた。

何かあるな、と青山の直感が働いた。攻めるべし、と判断する。

「自分の右腕である社員が殺されたっちゅう一大事やのに、それより大事な仕事が突然入るものかいな。社長からは何と指示されたんや。松野さんに不幸があったことは当然連絡してるんやろう。そのときに社長は何て言うてたんや」

青山が繰り出した矢継ぎ早の質問に、木下貴史は黙り込んだ。歯を食い縛って苦痛に耐えているような顔だった。

「こら、青山――」と部下をたしなめようとする動きを見せながらも、本多の目は木下貴史を捉えていた。どうやら、それはポーズだけのようだった。

そのまま続けてよし、という本多のサインだと受け止めた青山は、勢いに乗った。

「黙ってたらあきませんわ、二代目の坊ちゃんさん。黙ってもうたら、俺の質問に対する答えは絞られてまうで。悪いけど、ずばり言わせてもらうで」

そう言って青山は、木下貴史の鼻先に迫った。

「あんた、社長とはどないしても連絡が取られへんのやろ。どこをどう捜しても所在がつかめへんねや。そやからあんたは心配してるんや、こんなときに急に所在がわからんようになるってことは、親父は松野さんの事件に関与してんのかもしれん、もしかしたら親父が殺《や》ったんちゃうか、ってな」

木下貴史は拳を固め、青山を鋭く睨んだ。

「僕が心配してるのは、そのまったく逆です。親父まで松野さんの事件に巻き込まれたんちゃうか、って気が気じゃないんです。親父が松野さんを殺したやなんて、そんな非常識なことを言わんといて下さい」

「ずばり、や」青山はにやりと笑った。「あんた、何か知っとるやろう。正直に言いや。この会社は、どこぞと何やトラブルを抱えとったんちゃうか」

「いいえ」木下貴史は強い口調できっぱりと言った。「そんな話は聞いたことありません。少なくとも、僕、私はそんな話は知らない」

数秒間、青山は木下貴史と視線を戦わせた。

木下貴史の大きな瞳に揺らぎはない。が、どこかくすんだ色も見受けられる。

(こいつ、嘘は言うとらん。やけど、別の何かを知っとるな)

そう判断した青山は、気の抜けたような息をついて肩の力を緩めた。テーブルに身を乗り出していた本多も、短く息を吐いてソファに腰を戻した。

ちょっと早まってもうたかな、と青山は声の調子を穏やかなものに変えた。

「二代目さん、さっきあなたは言いましたよね。親父まで松野さんの事件に巻き込まれたんちゃうか、って。どうしてそう思ったんです？」

「その呼び方はやめてもらえますか。私の名前は木下です」

失礼、と顎を突き出す青山に、木下貴史は呟いた。

「ほんまに失礼な人や」

「は？　何でしょうか、木下さん」青山は耳を寄せる。

「何でもありません」

呆れた口調でそう言うと、木下貴史は攻撃的な目を青山に向けた。

「あなたの質問に答えます。普通はそう考えませんか？　朝から姿が見えなくて心配していた社員が神戸港で死体となって発見されたと、しかも他殺やと、そう警察から連絡が入るんです。社長に報告せなあかんと思って電話したら、社長はまったく捕まらない。松野さんが殺されるわ、親父はどこにもおらんわじゃ、これは一体どういうことや、と不安なことを想像してしまうでしょう。違いますか？　何なんですか、これは。何の証拠もなく人の父親を犯人扱いして。警察ではこんなことが許されてるんですか」

　青山は右手で胸を押さえた。

「謝ります。さっきの私の発言は、わざとそうしたのです。もしもあなたが隠し事をしているとすれば、わざと怒らせるよう威圧的にしたほうが良いと判断したのです。そのほうが口を滑らせる確率が高い、と警察の統計にも出ています。兵庫県警伝統の捜査マニュアルを実践したまでです。残念ながら、あなたには当てはまらなかった。それだけです。不快な思いをさせて本当に申しわけない」

　木下貴史は胡散臭そうな顔を本多に向けた。ほんまのことですか、とその目が語っている。はっ、として、本多は慌てて口を開いた。

「ほ、ほんまに申しわけないことで。こいつはまだ経験が浅いもんやさかい、どうしてもマニュアル重視に陥るとこがあるんですわ。兵庫県警を代表して私からも謝ります。どうか許したって下さい」

　浴びせられる疑念の視線に耐えながら、本多は目を逸《そ》らさずにそれを正面から受け止めていた。しばらくの後、木下貴史は諦めたようにかぶりを振った。

「……わかりました、そういうもんやと思っときます……私もかっとなってしまってすみません。ですが、二度と親父を犯人扱いしないで下さい」

　納得しかねる、という不服な表情だったが、取りあえずは落ち着いたようだった。本多はほっと安堵の息をつくと、何か言いたげな表情をしている青山を見て、それよりも先に声を出した。

「社長さんとは、全然連絡が付かへんのですか」

　木下貴史は肩を落とし、昂った心を落ち着かせるように長い深呼吸をした。目の色が不安なものに塗り潰されていく。

「……はい。実は、それが昨日からなんです」

「昨日?」

「昨日の日曜日は、私の結婚式があったんです。ちょっと事情がありまして、入籍や新婚旅行はもう済ませていましたから、形だけの式だったんです。礼拝堂での式には参列していた親父が、披露宴のときにはいなかったんです。正直に申しますと、それからずっと姿が見えないんです」

「ふうむ、それは奇妙ですな。そのまま行方知れずでっか」

「はい、親父の知り合いにも当たりましたが、誰も知らないと言ってます。こんなことは初めてですし、松野さんのこともありますので心配でたまりません」

「お察しします」本多は唇を結んだ。

「やっぱり松野さんの事件に関係があるのでしょうか」

「今の状況では、社長さんが事件に巻き込まれたという可能性は否定出来ません。というよりも、残念ながら極めて高いと言わざるをえんでしょう」

「そうですか……」

目を伏せると、木下貴史は突然思い出したように顔を上げた。

「あの、そういえば、ちょっと気になることがあるんですが……」

「何です？」

ずい、と本多が身を乗り出し、青山は舌で唇をべろりとなぞった。

「すぐ近くに会社の駐車場があるんですが、そこにはいつも配送用のトラックを停めているんです。そこにあった小型トラックが一台消えていると、出社後に港の保税庫に向かった配送部の社員から連絡があったんです」

青山の頭に閃くものがあった。本多がそれを言葉にする。

「社長さんが乗っていったかもしれん、と。そういうことでっか」

「その可能性があります」木下貴史は険しい顔をした。「その社員は一番に社を出ていったんです。車の鍵は社員が持ったままではいけないことになっていまして、車を使用しないときには、事務所の保管庫に戻しておかなければなりません。連絡があってから私が保管庫を確認したところ、その小型トラックの鍵がなくなっていました」

「ということは、外部からの盗難にあったのではなく、誰か内部の者が乗っていったということでんな。その一番に出ていった配送部の人間は、自分の車の鍵を持っていくときに気が付かなかったんですかね」

「気が付かないと思います。いつも自分が乗る車は大方決まっていますので、自分の乗ろうとする車の鍵さえあれば、他の鍵の有無は気にも留めないと思います。私がその社員からの連絡を受けたときも、自分が一番早いと思ってたけど、今日は誰か朝一で動いてるんですか、という内容でしたから」

「前に乗っていた者が返し忘れた、ということは？」

「ありません。社用車は全て運行記録を毎日付けています。鍵を持っていくときと返すとき、その両方に必ず使用者のサインと、配送部長かそれより上の役職の人間の承認印が必要となります。記録簿には配送部長の承認印も押されていましたし、配送部長自身も保管庫に戻した記憶がある、と言っていました。もちろん使用者にも確認しました」

「その消えた配送車が最後に使われたのはいつですか」

「金曜日です」

「土日は、会社は休みでっか」

「はい。まれに休日出勤をするときもありますが、先週はありませんでした」

「うーん」と本多は後頭部をがりがりと掻いた。「会社の鍵は、社員の誰もが持ってるんでっか」

「いいえ、社長、松野さん、私の三人だけです。会社の慣例として、朝一番に出社した社員が一階の警備員室で鍵を借りて入室し、最後に退社する社員が施錠して返すということになっていますから。でも、それは平日だけです。土日は警備員室が空っぽになってビルの入口は施錠されますから、入室するには絶対に鍵が必要となります。休日出勤する予定のある社員は、事前に承認を貰ってから合鍵を借りることになっています。もちろん、先週は誰も借りておりません。ですから、私たち三人以外の社員が休日に事務所に入るのは不可能です」

「ちょっといいですか」青山は右手を挙げた。「気になったんですけどね、例えば、会社の鍵を持っている人物が消えた配送車に乗っていったんだとしましょう。どうもそれが濃厚そうな感じじゃやしね。でも、どうしてそれが社長だと？　殺された松野さんということも考えられるでしょう」

「それなんです」木下貴史の声に力がこもった。「松野さんがいつも使っている車は配送車ではないんです。配送作業はいっさいしていませんでしたから。移動の足に使っていたのは軽のワンボックスカーです。消えている配送車というのは、食品の搬送に使う冷蔵冷凍車なんです」

「それは社長かて同じでしょう。社長が配送作業なんてしますか」

「してるんです」

木下貴史の意外な返答に、青山の口から、へっ、と調子外れの声が漏れた。

「ほんまですかい？」

「それがほんまなんです。輸入通関でのうちの得意先というのは、ほとんどが卸売業を営んでいる商社なんですが、その内の一つに、神港物産《しんこう》という業務用食品を専門に扱っている会社がありまして、そこの社長とうちの社長が古くからの友人なんです。山崎《やまざき》さんという社長さんで、私もよく知っています。大切な友人やから失礼があっては困る、という理由で、そこへの納品だけは社長が行っています。そうは言っても、本職の社長業をおろそかには出来ませんから、週に一回だけなんですが」

「ほう、昔からずっとなんでっか」本多が言う。

「いえ、確か……」木下貴史は空《くう》を見つめた。「私がここに入社した頃からですから、二年くらい前ですかね。そもそも会社同士の取引を始めたのがその頃でして、それ以前には、ただの友人というだけで特に取引はなかったようです」

「社長さんの姿が見えなくなったのが、昨日の日曜日、結婚式が終わった後からだとおっしゃいましたよね。そうすると、例えばですが、社長さんの姿が急に見えなくなったのは、突然仕事の連絡が入り、納品のためにその会社に配送車を使って行ったからだと、その後に行方知れずになったのだと。となると、今までにも、日曜日に突然納品をしなければならないなんてことがあったんでっか」

「いえ、日曜日は納品先の神港物産がお休みですから、納品はまったくなかったはずです。少なくとも、私は聞いたことがありません」

「と、なると……」本多の眉根に深い皺が寄る。「社長さんが何で披露宴に参加しなかったのかは、保留しましょうか。社長さんには何らかの理由があったのだと。そうすると——配送車に乗っていったのは社長さんだというのを前提としてですが——社長さんは今日の朝八時よりも前、早朝に配送車を使用した可能性が高くなりますな。早朝の納品はどうでっか？　今までにありましたか」

　木下貴史は少しも考えることなく、答えを返す。

「いえ、ありません。週に一回の納品日は月曜日と決まっていますから、時間はよく覚えています。いつも、午前の十時か十一時くらいです。いつもあちらの社長さんと話し込んでしまうようで、帰りは夕方くらいになるのですが」

「そうでっか。今日も月曜日ですな……その、神港物産、でっか。その会社には問い合わせてみたのですか」

「もちろんです。確かに発注はしたようなのですが、まだ来ていないそうです」

「ふうむ……」

「記録は?」青山が言う。「もしも社長がほんまに納品に行ったんやったら、その持っていった商品は税関の検査を終えたものやということでしょう。それやったらどっかにその記録はないんですか」

「ありますが、それは神港物産からの輸入申告に関するものと、商品を載せた貨物がいつ港に到着し、いつ通関したか、ということしかわかりません。通関後にすぐ配送しない場合もありまして、そのときはうちの倉庫に搬入して管理します。神港物産の場合は正にそのケースでして、どんな品物が倉庫に眠っているのかはわかっても、それがいつ出ていったのかは、納品を終えた後の控えと受領書を見なければわかりません。ですから過去の記録はわかりますが――」

「社長が帰ってきてない、ってことは、その控えと受領書もない、ってことか……」

「そうなります。ですが、時間を頂ければ、倉庫にある神港物産の商品を管理表と照らし合わせて調べることは出来ます。もしも商品の在庫が減っていれば、それを誰かが持ち出したということですから、社長が納品に行ったのではないか、ということが絞れると思います」

「神港物産側は、確かに発注したと言っているのですな。念のために、それを裏付けるようなものを見せて頂いても構いませんかな。注文を受けた受注書みたいなもんで結構ですさかい」

本多の言葉に、木下貴史の表情が厳しく引き締まった。

「……それが、神港物産からの発注は、社長に直接連絡があるんです。あっちの社長が携帯に電話してくるんだそうです……そんなわけですから……正式な受注書はないんです。神港物産からの受注内容は、社長しか知らないんです……」

顔を伏せ、二人の刑事の顔を盗み見るような仕草で目だけを上げる。青山には、その挙動不審に見える動作は、彼が意識してそうやっているように思えた。

青山は腕組みをすると、ちらりと本多を見た。木下貴史に勘付かれないほどのわずかな動きで本多は目配せを返す。そして、口を開いた。

「神港物産の詳しい所在地を教えて頂けますか。あなたの言うようにもしも社長さんが配送車を使ったのであれば、そこに立ち寄ろうとした可能性が高いと思われますわ。調べてみる価値はありますやろ。それと、念のためにその倉庫の在庫を調べてもらっといても構いませんか。少々時間がかかってもよろしいでっさかい」

「ええ、結構です。こちらこそよろしくお願いします。親父がどこに行って行方がわからなくなったのかを、調べてやって下さい」

頭を下げる木下貴史に、本多は坊主頭をつるりと撫ぜた。

「まあ、今日はこのくらいにしておきましょ。おそらく、また話を訊きにくることになるかと思いますが、そのときには御協力お願いします。あっそうや、こんな大変なときに言う台詞やないかもしれませんが、どうも御結婚おめでとうございます」

木下貴史は硬く微笑んだ。

「どうもありがとうございます」

「それと、私の名刺を置いていきますさかい、もしも社長さんの所在が確認出来たり、倉庫の在庫の件で何かわかったりしたら、連絡をもらえませんやろうか。もちろん、こっちからも事件の詳細がわかれば報告しますわ」

本多は胸に手を入れて名刺を一枚取り出した。テーブルに置かれたそれを、木下貴史は手に取って眺める。

「わかりました、どうぞよろしくお願いします。では、少しお待ち下さい。神港物産の詳細をお持ちします」

そう言って立ち上がった木下貴史は、応接室を後にした。

「気に入らないっすね」青山が呟く。

本多は頷き、目を尖らせた。

「まあな……」

「何ですか、さっきの取って付けたような挙動不審さは。私は隠し事をしてまっせ、って言うてるようなもんやないですか」

「ふん、まあそれはおいおいわかるやろ。取りあえずは、消えた社長の足取りをつかむことが先決やな」

「そうですね」青山は同意する。「この事件に社長が関与してるのは間違いないでしょうね。申し合わせたようなタイミングで姿を消しているのがその証拠ですわ」

「そやな、神港物産っちゅうとこを叩いたら何ぞ出るかもしらんわな」

「そう思いますわ」

頷くと、青山は大きな欠伸を漏らした。

「はあ、疲れましたね」

ソファに腰を深く沈めて目を閉じた青山は、ふと妙な圧迫感を覚えて瞼を開けた。見ると、本多が角張った頬骨をひくひくと痙攣させて見下ろしていた。

「……お前、いつもあんな感じで聞き込みやっとんか」

姿勢はそのままに、青山は言った。

「まあそうですね。そやけど、今日は本多さんがいましたから気い遣いましたわ」

「何やと、こら。俺がおらんかったら、もっと酷《ひど》いということかいな。お前はもうちょっと言葉遣いに気い付けろ。それにや、人を小馬鹿にしたような態度もやめえ。警察官としてのモラルを守らんかいや」

「はあ、気い付けます」

「青山、姿勢を正さんかい。上司に説教されとんやで」

青山はのろのろとした動作で背を伸ばした。

「すいません。それも気い付けます」

「まったく、ほんまに……」

それから本多は、ずっと不機嫌な調子で小言を口にし続けていた。予想通りの展開に、青山はうんざりとした思いでそれを聞き流していた。

「──そやからお前はな」

本多の説教が高熱を帯び始めてきたとき、応接室の扉が開いて木下貴史が姿を現した。

「お待たせしました」

「いえいえ」青山はゴムで弾かれたように立ち上がると、満面の笑みで言った。「助かりました。ナイスタイミングです」

「は？　はあ……あの、こちらに神港物産の電話番号と住所、それに私の名刺も同封しておきましたので、会社にいなければ携帯に連絡して下さい」

「どうもありがとうございます」

うやうやしく頭を下げると、青山は木下貴史の差し出した封筒を受け取り、中身を検《あらた》めた。

「さっ、警部補殿、おいとましましょう」

その言葉に、本多は渋い顔で腰を上げた。

応接室から退室する間際に、青山はそれを見送る木下貴史に振り返った。

「最後にひとつよろしいですか」

「あっ、はい。どうぞ」

「あなたは、私たちに隠し事はないと誓えますか」

木下貴史は眉をひそめ、本多は、何事かと固唾《かたず》を呑んだ。

「昨日、神の前で永遠の愛を誓ったんでしょう？　それやったら、俺たち警察にも誓ってもらえませんかね。何も隠し事はしていないと」

「意味がわかりません」木下貴史は憎々しい顔で答えた。

「そのまんまの意味ですわ。松野さんの殺害事件に関すると思われること、あんたは知っている限りのことを俺らに話した。それを誓えますか」

応接室の中がしんと静まり返った。少しの後、何の感情もこもっていない言葉が木下貴史の口から出てきた。

「……誓います」

青山はにやりと微笑むと、指で十字を切りながら言った。

「アーメン。その言葉、信じます。それでは失礼します、さようなら」

「ほんまに……えらい失礼しました。それでは……」

本多は青山に並んで深く頭を下げると、青山の襟首を引きずるようにして応接室から連れ出した。

「何をしとうねん、お前は。何もわかっとらんな」

「すいません、気い付けます」

「その台詞はもうええ、聞き飽きたわ」

本多はいかつい顔を吊り上げた。

「お前は後でこってりと絞ったる、覚悟せえよ。それよりも捜査が先や。取りあえずはこのビルの警備員室に寄っていくで。防犯カメラの映像を洗うたら、誰が配送車に乗っていったんかがつかめるやろ」

「手分けして捜査しませんか。俺が警備員室やここいらの聞き込みしますんで、本多さんはどうぞ神港物産に行って下さいよ」

「あほう」本多はどすを利かせた声で青山をどやし付けた。「お前は俺とずっと一緒や。ごたごたぬかすな」

4

神港物産は、神戸ポートタワーから歩いて十分とかからない距離にある、中央区海岸通の歴史を感じさせる古い雑居ビルの二階にあった。

この辺りは港に近いこともあって、かつては海産物問屋が多く立ち並んで通関業者の行き来が盛んであったために、乙仲通という名称が付けられている。その由来は、通関業者の業務が、乙種海運仲立業、と規定されており、俗称、乙仲、と呼ばれることからである。

現在では、乙仲通といえば若者の街という印象が強い。明治時代や昭和初期から生き残っている倉庫やビルなどを再利用した、バーやレストラン、ブティックなどが、古くからある会社を押しやるようにして幅を利かせているからだ。神港物産の下にも、洒落た装いをしたインテリアショップがあった。

「ここで間違いないな」階段手前の入居表示を確かめ、本多は言った。

「そのようですね」

青山は周囲をぐるりと見回した。

ビルの内部は、通りに面す華やかなインテリアショップからは想像も付かない寂れようだった。壁や階段の塗料は剝げ落ち、黒ずんだ染みが無数に浮いている。年老いた蛍光灯の明かりが、湿っぽい空気と枯れた臭いを強調している。

「乙仲通にある、って時点で大した会社やないやろうと予想は付いてましたけど、それにしても、予想以上にしょぼそうな会社ですね。何ですか、この陰気さは。木下運輸とはえらい違いやないですか」

本多が睨みを利かせる。

「今度は余計なこと言って相手を怒らすなや。お前は黙って俺の横に座っとれ。首を突っ込むことは許さん」

青山は肩をすくめ、気を付けの姿勢を取った。

「了解しました。勉強させてもらいます」

木下運輸が入居するビルの警備員室では、確かな手がかりをつかんでいた。今日の午前五時三十分頃、防犯カメラに残された映像の中には、木下運輸のオフィスに鍵を使って入室する男の姿がはっきりと映っていた。警備員の証言により、それが社長である木下義明だということが判明した。

滞在時間はわずか三分という早業だったが、配送車の鍵を持っていくには充分すぎる時間である。木下貴史が推測していた通りに、消えた配送車に乗っていったのは、木下義明で間違いがなさそうだった。

しかし、木下義明が神港物産に納品に行ったのだとすると、どうして今日だけ早朝から出かけたのか。そもそも、そんなに早い時間では、神港物産だってまだ始業前だろう。そして、納品のためではなかったのだとすると、どうしてわざわざ会社の配送車を使用したのか。疑問は多く残っている。

「さあ、行くで」

本多を先頭にして、二人は階段を上っていった。

神港物産社長、山崎大輔《だいすけ》は、地声の大きな男であった。

大まかな事件のあらましを聞いた後、彼は胸を張ってこう言った。

「何でも聞いてや、わしは嘘や隠し事は好かん。答えられることなら何でも喋るで」

「どうも、そう言ってもらえると助かりますわ」

本多はまず、木下運輸への商品発注の有無を尋ねた。

「発注は間違いなくしたで。うちではいつも土曜日に注文を入れてるんや。そしたら月曜日に義明が持ってくることになっとる」

「今回はいつもより早い時間に納品してくれ、とか、そんな特別な要望はされませんでしたか」

「せえへんかったで。いつもと一緒や」

「そうでっか……」

青山は、山崎大輔に質問を投げる本多の横でおとなしく座っていた。さっきから喋りたくて唇が疼いているのだが、今日のところは、もう説教は勘弁願いたかった。

神港物産のオフィスは、木下運輸の応接室に毛が生えたほどの広さしかなかった。通された先は、衝立《ついたて》で仕切られただけの狭いスペースに、古ぼけた木製の椅子とテーブルを並べた、休憩用に使われているらしき場所だった。

社長以外の従業員は、年の頃二十代半ばと思われる事務員の女が一人。それだけしか見当たらない。業務用食品を扱っている会社だと聞いているので、他の者は飲食店への配送作業にでも出払っているのだろう。それでも、この規模ならば残りの従業員数は二、三人というところだろう。どちらにしても小さな会社だった。

「木下運輸との取引が始まったんが、二年ほど前からやと聞きました。よろしければ、その経緯をお伺いしたいんですが」

「おう、構へんで。教えたるからよう聞きや」

「……お願いしますわ」

おや、と青山は思った。本多の表情に、どこか嫌悪感のようなものが滲んだように見えたのだ。けれどそれは一瞬のことで、瞬きする間に消えていた。気のせいだったかな、と胸の内で小首を傾げる。

「あんたらも知っとる通り、うちは業務用食品を専門に扱っとる会社でな、市内の飲食店に商品を卸しとる。弱小会社やさかいにな、得意先といえば、わしの人脈を利用したちんまいクラブや、しょぼい居酒屋ばっかりやったんや。そんで二年くらい前にな、恐れていたことが起こったんや。不況のせいか、得意先がどんどん潰れていきよったんや。うちの利益もがた落ちでな、どないもこないもならへんくなったんや。そんなときにな、義明が提案してくれたんや。珍しい海外食品をぎょうさん扱うてみたらどないや、格安で通関手続きやったるで、ってな。あいつが言うには、最近は和食でもオリーヴ油やらの舶来品を使うとるし、西洋料理のレストランなんかは、日本で手に入りにくい食品を求めとるらしい。料理人っちゅうもんは、初めて目にする食品に弱いとも言うとった。わしはその提案に乗ったんや。義明の提案は見事に当たってな、うちの会社は新規顧客の開拓に成功したんや。あいつには感謝してるで。今までわしんとこは国内品を中心に扱うとったさかいにな、海外から食品を輸入するノウハウがなかったんや。それを色々アドバイスしてくれたしな、仲介してくれる人間まで紹介してくれたんや」

「はあ、そういうことやったんですか。なるほど……」

青山の目には、山崎大輔は本当のことを語っているように見えた。経験上、こういった豪胆でおおらかな人物というものは、何かを隠しているときには口数が少なくなり、やたらに不機嫌になるものである。反対に、気弱な人間ほど必要以上によく喋り、明るく振舞おうとする。

「その仲介してくれたという方の、素性を教えてもらっても構へんですか」本多が懐から手帳を取り出す。

「ええで。ヴァンサンっちゅう名前の、外人の神父さんや」

「ほう、外人さん、それも神父さんでっか」

驚く素振りを見せる本多に、山崎大輔は快活に言う。

「そない言うても、日本語はべらべらや、関西弁まで完璧やで」

「どちらの教会でっか」

「ハーバー・チャーチっていうな、すぐそこにある教会や。ま、そない言うても、結婚式をするだけのチャペルやけどな。知らんか？　キュイジーヌ・ド・デュウっていうな、舌を嚙みそうな名前のフランス料理店が隣にくっ付いとるわ」

本多は首を捻っていたが、青山にはすぐに見当が付いた。本多に呼び出されて事件現場に出向いたとき、十字架のある建物の隣に、確かに高級そうなレストランがあった。あそこのことに違いない。

「木下社長と神父さんは、どういったお知り合いなんでっか」

「義明のかみさんの親父が、そこのオーナーさんなんや。その関係で紹介してもらったっちゅうわけや。これはありがたかったで。海外食品を輸入する言うてもな、うちの会社にはそれが出来る人間を雇い入れるだけの余裕がなかったんや。わしが勉強しても良かったんやけどな、語学だけはあかん。昔からからっきしや。義明の提案に乗ったんも、ヴァンサン神父を紹介してくれたからや」

　本多が申しわけなさそうな顔を作る。

「失礼ですが、その、神父さんに仲介料とか、そういったもんは……」

「そこや。何とな、無償でやってくれとるんや。わしは何度も金を払うって言うたんやけどな、慈悲の心が何ちゃら言うて、いっこも受け取ってくれへんねん。ずっと厚意でアドバイスしてくれとるわ」

「はあ……それはそれは」本多が感心したような声を出す。「ということは、今でも仲介を？」

　山崎大輔は、ばつの悪そうな顔をした。

「そうや、ヴァンサン神父も本業があるさかいに、そないに頻繁に頼まれへんけどな。今となっては海外の輸入先とのパイプも出来たし、パソコン使えば注文出来るシステムもあるんや。せやけど、どうしても直接交渉せなあかんときはお願いしてるわ」

「ちなみに、こちらで扱ってる商品も、そのチャペルにくっ付いとるというレストランに卸してるんでっか」

「もちろんや、うちはそのお陰で立ち直ったようなもんや。あそこはごっつ有名なレストランやからな、そこに食品を卸してるだけで会社の信用になんねん。新規開拓の営業に行ったときなんかは、あそこの名前を出したら一発やったわ」

「なるほどねえ」

本多は大袈裟に頷き、質問を変えた。

「ところで、発注の件なんですが、会社として発注をかけるのではなく、山崎さんが木下社長の携帯に直接連絡していると聞いたんですが、それはほんまですか」

この本多の問いかけに対する山崎大輔の返答は、意外なものだった。

「いいや、誰がそないなことを言うたんや？　そんなことはしてへんで」

「えっ、しかし——」

「ちょっと待ってや」

言うが早いか、山崎大輔は席を立った。すぐに、一枚の紙切れを手に戻ってくる。商品名らしきものと、その数量が記入されてあるのが見えた。

「ほれ、土曜日にファックスで送ったもんや。うちからの発注は、最初っからファックスでやってるで。誰に聞いたか知らんけど、ガセネタつかまされたんやろ」

本多の瞳に、鈍い光が差した。

「コピー取らせてもらってても構わないでっか」

山崎大輔は、いらんいらん、とまるで鳩でも追っ払うように手を振った。

「そんな面倒なこととせんでもええわ。何の役に立つのか知らんけど、こんな紙切れぐらいやったら幾らでもあんたにやるわ。持ってってええで」

「あ、ああ……どうも。そんなら、遠慮なく頂きますわ」

本多は山崎大輔の手からファックス用紙を受け取ると、それの角を合わせて丁寧に四つに折り畳み、手帳の中に挟んだ。

「えらい几帳面やな」山崎大輔が言う。「刑事さん、あんたいかつい顔しとるくせに、女みたいに細かいんやな」

がはは、と大音量の笑い声が上がる中、本多の目元がぴくりと痙攣するのが見えた。青山は、今度こそはっきりと確認した。さっきと同様に一瞬のことだったが、本多の顔には間違いなく嫌悪の色が浮かんでいた。

「では、最後に伺います」何事もなかったかのような涼しい顔で、本多は続けた。「木下社長が自ら配送を行っているというのは、何か特別な理由があるんでっか。大切な友人やから失礼のないように、とは聞きましたが……」

その言葉に、山崎大輔はにたりと思わせ振りに表情を崩し、小声で囁いた。

「わしが言うたことは内緒やで」

「ええ、もちろんですわ」

「約束やで」

衝立越しに事務員の女を指差すと、山崎大輔は小指を立てて低く笑った。淫らな響きを含んでいる。

「義明のこれや、わしが世話した女や。あいつのかみさんはごっつ怖いよってな、ばれへんように、仕事のついでにどっかにしけ込んどったんや。そういうわけや。表向きはわしがごっつ偏屈な男で怒らしたら怖いから、っちゅうことになっとるけどな」

本多は眉をひそめ、衝立の向こう側を気にしながら言った。

「しかし、その、こちらの方にもお仕事があるでしょう。それを放ったらかしにしてもええんですか」

「あの女はな、週に五日の勤務で契約しとるんや。うちは日曜日が休みやさかいに、あの女の休みは、日・月の連休や。ほんまは今日休みやねん。せやからな、あの女も義明と一緒っちゅうことや。彼氏に内緒で仕事の振りして義明と会うてたんや」

そう言うと、山崎大輔は、がはは、と屈託のない大声で笑った。

「あんたらが心配せんでも、義明はそのうち帰ってくるやろ。別の女んとこにでも行っとるだけやと思うわ」

外気の下に飛び出た瞬間、青山は待ちかねたように口を開いた。

「おもろいおっさんでしたね」

ふん、と本多は顔をしかめて鼻を鳴らした。

「下品で礼儀を知らんだけや。そんなことよりもな、どういうこっちゃ？　木下運輸の坊ちゃんは俺らに嘘言うてたんか」

「発注の件ですか。電話やなくてファックスやったたっちゅう」

「そうや。こんなすぐにばれてまう嘘をついて、何ぞ得でもあるんかいな」

「どうします？　木下運輸に戻って、坊ちゃんを追及してみましょうか」

「とぼけるだけやろ。ショックのあまりに勘違いしてました、って言われたらそれでしまいや。放っといたらええわ」

「そりゃそうですけど……」

考え込もうとする青山に、本多は強い口調で言う。

「こんなとこで議論しててもしゃあないわ。今のおっさんの話の裏を取るのが先決や。今は頭を使うときやあらへん、使うのは足や」

青山は、本多に気付かれないようにそっとため息をついた。

「はい、了解しました」

「よっしゃ、ほな行こか」

煮え切らないものを胸の内に秘め、青山は本多の後に続いた。

第三章

1

目が覚めると、ベッドにはすでに綾香の姿がなかった。ぼんやりとした頭で枕元の時計を手に取った。デジタル表示のディスプレイは午前六時五十八分を示している。目覚ましをセットしておいた二分前の時刻だった。

幸太は時計の目覚ましを解除すると、のろのろとベッドから身を起こした。漂ってくるコーヒーの芳香が脳を刺激する。それに誘われるように、ベッドルームから足を踏み出した。

リビングに入ると、綾香が難しい顔をしてパソコンデスクの前に座っていた。気配に気付き、キーボードから手を放して顔を向ける。

「おはよう」

「何や、またやっとんかいな」

幸太の言葉に、綾香は嬉しそうに笑った。

「うん、この前出品したやつが結構高値で落札されてん。昨夜は早く寝てもうたから、落札してくれた人に今メール送ってんねん」

「ふうん」と幸太は両手を挙げて大きく伸びをした。同時に欠伸《あくび》を漏らす。

「すごいやろ、どうやらコツをつかんでもうたらしいわ」

二ヵ月くらい前から、綾香はインターネットのオークションサイト、いわゆるネットオークションに参加し始め、そこに自分で作った洋服を出品するのをひとつの趣味としていた。いわく、暇で退屈な妊婦にはもってこいの趣味らしい。

元々洋裁を得意としていただけに、綾香の出品する商品は落札者からも好評を得ているようで、落札者から送られてくるメールの内容も極めて好意的なものが多かった。そこら辺の既製品よりも素敵な洋服でした、だの、こんなに安く落札させてもらって申しわけないくらいに可愛いワンピースでした、だの、綾香の自尊心をくすぐる言葉ばかりがメールの受信箱には溢れている。

これに気を良くした綾香は、本腰を入れてネットオークションに取り組みだした。どうすればもっと高値で落札させることが出来るのかを検証し始めたのである。その努力が実ったのか、少し前までは平均三千円くらいの値段で落札されていたものが、最近では五千円を切ることがないらしい。

「やっぱり思った通りやったわ。ポイントは入札終了時間の設定や。夜の十一時前後、この時間に設定したら一番ええねん」

「何でや」欠伸混じりに幸太は訊いた。

正直、妻の新しく凝り始めた趣味にさしたる興味はなかった。いくら金が入ってくるといえども、それは月々の収入としたら、目の色を変えるほどでもない小遣い程度の金額だったし、今のところ自分たちの実生活に還元されているものでもなかった。綾香は、その全てを貯金している。

ふふん、と綾香は胸を張ると、マグカップを持ち上げて中のカフェオレを美味そうに啜った。それを見た幸太の脳が、たまらなくコーヒーを欲した。

「問題は、いかに入札者に競らすか、っちゅうことやってん。世間一般的に、昼間働いている人のほうがやっぱり多いやろ？　ということは、入札者の多くもそんな人たちやと思うねん。入札終了時間を朝方とか深夜に設定しとったら、いくらその商品を落札したいと思ってても、その人らは現在の落札額に少し上乗せして入札するだけで、そのまま寝てしまうやろ？　朝起きてから結果を確認するわけよ。入札終了時間が昼間でも一緒やわ。自分の仕事中に終了してまうから、適当に上乗せしておいて、家に帰ってからどうやったか結果を見るやろ。それでは駄目やねん」

「ほう」

「昼間に働いている人らはな、仕事終わって、御飯食べて、のんびりして、それからパソコンの前に座ると思うねん。その時間が、平均して夜十時くらいやと考えたわけよ。そしたら、自分が入札してる商品の終了時間があと一時間くらいやろ。人間の心理として、気になると思うねん。何とか自分が競り落とそうと思って熱くもなるやろ。

パソコンの前に張り付いて、自分より高値で入札する人間がいないかずっとチェックして、いればその金額より多く入札するやろ。その結果、多くの人間が競ることになって落札額も跳ね上がるんやわ」

「へえ、大したもんやな」

幸太はそう言って自分もコーヒーを飲もうとキッチンに向かおうとしたが、綾香のまだ終わっていなかった話に遮られた。

「せやから、これからは必ず入札終了時間は夜の十一時にするねん。いっぱい稼いで貯金を増やしていくから期待しときいな。この子が生まれて落ち着いたらさ、どっか旅行にでも行かへん？　子供はうちのお母ちゃんに預けてさ」

腹の膨らみに、綾香は優しい目を落とす。出産予定日は、夏真っ盛りの八月十日前後ではないかとされている。

「そやな、そうしよか」

「ずっと温泉行きたい思っててん。幸太はどこに行きたいんや」

「どこでもええで」

おざなりに答えながら、幸太は、目の前にあるマグカップの中から綾香の口にカフェオレが吸い込まれていく様を、恨めしそうに見つめていた。

「どうしよっかなあ……行ったことのないとこがええなあ」

「綾香に任せるわ」

「何やねん、気乗りせえへんような言い方して。行きたくないんか」

「ちゃうねん、寝起きで頭がぼーっとしてるだけやって。俺かて、たまにはのんびりどっかに行きたいと思ってるわ。温泉なんか最高やんか」

ここで口論になってしまっては、コーヒーが遥か彼方《かなた》に遠のいてしまう、と幸太は必死に取り繕った。口の立つ綾香の説教はとにかく長い。

「ほんまにそう思ってんのか」綾香が疑いの目を向ける。

「当たり前やろ」と幸太は疲れたような顔を作った。「毎日毎日、仕事ばっかりでくたくたやで。最近腰痛も患ってるしな。でもな、それでも俺は頑張っててんねん。俺の頑張りはお前が一番知っとうやろ」

「……ほんまやね」と綾香の表情が途端に夫を労わるものに変わった。「そうやな……幸太はよう働いてるわ……ゆっくり身体を休めたいやろうな」

「せやからさ、綾香がどっか適当にピックアップしといてや。また休みの日にでも一緒に決めたらええやんか。俺は今日も仕事やし」

「うん、わかった。きっちり調べとくわ」

「頼むわ。ええとこ探しといて」

そこで綾香の目がやっとパソコンモニターに戻った。幸太はキーボードを叩く綾香の脇を足早にすり抜けると、キッチンに置いてあるコーヒーメーカーに突進した。

午前八時きっかりに、幸太は三輪バイクに乗って自宅マンションを出発した。今日のメニューで使用する食材仕入れのために、近くにある市場に向かったのである。自分の店をオープンしてからの四年間、出勤前には欠かさず続けていることだった。

オープン以来乗り続けている愛用の三輪バイクも、今年で五年目を迎えた。やや加速は悪くなってきたが、特に支障はなくまだまだ快調に走る。バイクの後部には大型のリアデッキがあり、そこにはクーラーボックスを載せて固定してある。黒ずんだ汚れと無数の細かい傷跡が、バイク同様に四年間働き続けた大事な相棒であることを物語っている。

幸太の毎朝通っている市場である東山商店街は、神戸市兵庫区の湊川地区に位置する場所にあった。自宅マンションのある上沢通とは、目と鼻の先である。

結婚後の新居を決める際に、数ある候補の中から現在のマンションを選んだのは、東山商店街が近い、という理由が一番の決定打となっていた。結婚前から通っており、結婚後も通い続ける予定の市場が近いというのは魅力的だった。

神戸の台所、として古くから親しまれている東山商店街は、品揃えが豊富で新鮮なものを扱う生鮮食料品店が数多く軒を連ねているために、三宮にある有名店の人間もわざわざ仕入れにやってくるほど名の知れている市場だった。

注文すれば店まで配達してくれる商店もあるが、実際に自分の目で確認してから仕入れなければ、その鮮度の良し悪しにはやはりばらつきがあるし、市場に出回り始めた旬の素材をいち早く手に入れることも出来ない。

幸太は、肉類やよく使う種類の野菜に限っては、前日に注文を入れて馴染みの商店から配達してもらっているが、魚介類だけは必ず自分の目で確認し、気に入ったものを仕入れるように心掛けていた。材料費に多くのコストをかけられない分、同じ仕入れ値でも出来る限り新鮮で良いものを探したい、という思いからだった。

目ぼしい魚介類を手に入れた後は、そのまま商店街の中をぶらぶらと歩いて旬の野菜や珍しい食材を見て回り、頭の中で本日のメニューを構築していく。

八百屋に目を引く旬の野菜があれば、それをソースか付け合わせに使用出来ぬものかと頭を悩ませ、食料雑貨店に見たことのない材料があれば、それを隠し味に使用したらどんな味になるだろうかと想像力を膨らませる。

初めに材料ありき。料理を決めるのはそれからだった。これは、常に昨日と違った料理を用意して固定のメニュー表は印刷しない、という〈ビストロ・コウタ〉の売りとなっている強みでもあり、苦しみでもある。

メニュー表を印刷してしまうと、良い材料が手に入らなかったときでもその料理を客に提供しなければならないが、毎回手で書くようにすれば、常に良い材料を使用した本当の意味での旬の料理が客に提供出来る。材料費を抑えているといえども、その範囲内で可能な限りの上物を仕入れたかった。そこには必ず味の違いが現れるからだ。けれどもその裏には、毎朝市場に顔を出して毎回頭を悩ませなければならないという、面倒で大変な作業が潜んでいるのだ。幸太はそれを、四年間欠かさず続けている。

今日は、明石《あかし》で獲れたそれなりに上物の蛸が手に入った。予算を少しオーバーしてしまったが、それは他の料理で調整しようと割り切って考えた。幸太は、ディナーコースで出す数種類の料理の内、たった一皿でも客の舌に強烈な記憶を残すことが出来れば、その客は必ずまたやってくると考えている。料理人の性《さが》としては全ての皿に感動してもらいたかったが、商売をやっている以上はそう贅沢も言っていられない。利益を上げてなんぼだということは、よく理解しているつもりだった。

顔見知りの八百屋に顔を出すと、そこの若旦那が幸太に笑いかけてきた。

「柴山さん、ええズッキーニがあんねんけど、いらんか?」

「ズッキーニか……どうしよっかな……」

若旦那は幸太に歩み寄ると、奥を気にするような素振りで耳打ちをする。

「頼む、少しでもええから買うてや。ホテルから注文が入る予定やったからさ、ようけ入れてもうてん。そやけどそれは来月のことやってさ、俺の聞き間違いやってん。

一般のお客はズッキーニなんて買わへんやんか。売れ残ったら親父にどやされてまうねん。柴山さんやったら安うしとくからや」

「うーん」と幸太は首を捻《ひね》ったが、若旦那の必死の様子を見て気の毒に思った。ホテル用というからには、相当な量のズッキーニを仕入れてしまったのだろう。それに、さっき買った蛸とも一緒に使えそうだという閃きもあった。

「わかったわ。買うたるからさ、そこにある梅も少し付けといてよ」

幸太は店先にあった南高梅を指差した。実は、この八百屋に立ち寄ったのはそれに惹かれていたからだった。キロ売りで値段が張るために、少量だけで売ってもらえないかと交渉しようとしていたのだ。

「ええ?」と若旦那は明らかに困った顔をした。「これ、紀州産の最高品でキロ二千五百円もする代物でっせ」

「五つくらいでええからさ、頼むわ。そしたらズッキーニは十本買うたるわ。梅を付けてくれへんかったら三本しか買わへん」

若旦那は大きくため息をついた後、渋々といった様子で頷いた。

「……オッケーや。それでええわ。そやけど親父には内緒やで」

「わかってる。任しといて」

思わぬ良い仕入れが出来たと、幸太はほくほく顔で市場の入口に停めてある三輪バイクの下へと戻った。蛸を使用した料理はすでに頭の中で出来上がっていた。それ以外の料理もほぼ完成している。後は店に出勤してから細部を詰めようと考えていた。

クーラーボックスに仕入れた材料をしまい、バイクのヘルメットを手にした。それを頭から被《かぶ》ろうとしたとき、背中から声が聞こえた。

「あれ？　柴山さん……ですか？」

振り返ると、そこには懐かしい顔があった。

「おう、淳一か！　えらい久し振りやな！」

「やっぱりそうやった。こんなとこで何してはるんですか」

そう言うと、原田淳一はにんまりと微笑んだ。背が低くてがっちりとした、体操選手のようなその体格は、昔からちっとも変わっていない。

「お前こそ何してんねん。っていうか、お前今どこの店におんねん。まだ、アッシュにおるんか」

淳一は、幸太が〈アッシュ〉で働いていた頃の後輩コックだった。歳は二つ下だったので、現在は二十七歳のはずである。とても気の合う存在で、同じ厨房で働いていた頃には仕事終わりに二人でよく飲みに行っていたものだが、独立してからの日々の忙しさに埋もれるように、何となく疎遠になっていた。今日は、実に四年振りの再会であった。

「いえ」と淳一は誇らしげな顔をした。「俺、今あそこで働いてます。ハーバーランドにある、キュイジーヌ・ド・デュウって店なんですけど、柴山さん知ってはりますか」

「えっ」幸太は、時が一瞬止まったのかと思うほどに驚いた。「……ほ、ほんまかいや。いつからや」

「ええと、アッシュ辞めてすぐですから、一年半くらい前からっすね。柴山さんはどうなんです？ ビストロ・コウタは繁盛してますか」

「あ、ああ、まあな、ぼちぼち頑張ってるわ」

「オープンしてすぐに俺行きましたよね。すいません、何かと忙しくって、それ以来なかなか行くことが出来なくて……今は仕入れっすか」

淳一の視線がクーラーボックスの上にあった。

「おう、そうや。今から店に行くとこやってん。お前は？」

「今日は店の定休日で休みっす。毎週月曜日が休みなんですよ。連れと三宮で会う約束があるんで、駅に向かってる途中やったんです」

「ああ、そういえばお前の家、ここら辺やったな。俺は春日野道から引越してな、今はすぐそこのマンションに住んでんねん」

幸太がそう言うと、淳一は、はっ、としたように顔を輝かせた。

「そうや、柴山さん結婚したんですよね、風の噂で聞きましたわ。何やえらい可愛い奥さんもらったとかで。どうもおめでとうございます」

「ありがとう。そやかてもう一年前の話やで」幸太は照れ臭そうに苦笑いをした。

「一年やったらまだ新婚やないっすか。子供は？」

「妊娠中や。もう八ヵ月になるわ」

　おお、と淳一は驚きの声を上げると、大袈裟に仰け反った。

「これはこれは……重ねておめでとうございます。もうすぐパパやないですか」

　体格だけでなく、淳一は内面も昔と何も変わっていなかった。人懐っこい性格で礼儀をわきまえた、誰からも好かれる男である。

「なあ」と幸太は、気になっていたことを尋ねようと、話題を変えた。「お前のいるキュイジーヌ・ド・デュウな、あそこの料理、半端やないやろ」

「そりゃあね」淳一はにやりと微笑む。「ものすごいっすよ。あれ？　その言い方やと、食べに来たことあるってことっすか」

「ああ、一週間前の日曜日に結婚披露宴があったやろ。俺の嫁が新婦さんの友達やったからな、招待されて俺も一緒に出席してたんや」

「ほんまですか」淳一は目を丸くして驚いた。「いやあ、神戸は狭いっすねえ。どこで繋がってるのかわからんもんですねえ。そうやったんですか、あんときの料理食べたんですね、どうでした」

　幸太は、ごくりと喉を鳴らした。あれから一週間が経過しても、あのとき体験した驚きの料理の味わいは、まざまざと舌の上に思い出すことが出来る。

「正直言うてな、もう料理すんのやめよう思ったぐらいに衝撃受けたわ。美味い料理っちゅうもんの次元を超えた味やったわ」

「そうでしょ。俺も初めて厨房入ったとき驚きましたもん。アッシュでつけた自信が、すぐに崩れ去りましたわ」

　そう言って淳一は、屈託のない顔で笑った。幸太の胸に、羨望と嫉妬の入り混じったような思いが、自身のプライドと共に錯綜した。

「お前、よう雇ってもらえたな。あっこで修業したい言う奴多いやろ。相当倍率高いんちゃうか」

「俺が入った頃は、ちょうど有名になり始めたばっかりやったんで、そうでもなかったっすよ。人手が足らんかったんで、結構すんなり採用されました」

「どこ任されてるんや」

　幸太の問いは、どこまで料理に関わっているのか、というものだった。

〈アッシュ〉で働いていた頃は、幸太は最終的に、ストーブ前、を担当するまでになっていた。ストーブ前、とはその名称が表す通り、ガス台の前に陣取って火を扱うポジションのことである。肉や魚を焼き、ソースの味付けなどをする。それは、その店の味を決定する最も重要なポジションでもある。店によっては、ガス前、オーブン前、などと呼ばれることもあり、その名称は様々である。

若くしてストーブ前を任されていた幸太に対し、その頃の淳一はまだ料理人としては駆け出しで、材料の簡単な下拵《ごしら》えしかやらせてもらっておらず、決して火を扱うことはなかった。だが、あれから四年が経って淳一も逞《たくま》しくなっているだろうし、何といっても、あの〈キュイジーヌ・ド・デュウ〉の厨房で日々しごかれているならば、その成長の度合いは計り知れない。

万が一、淳一がストーブ前を担当しているとすれば、あの驚愕の料理を実際に作っているということになる。料理のイロハを手取り足取り教えた後輩に、いつの間にか大きく飛び越えられてしまったのかもしれない。

淳一はその思いを察したように、意味ありげな笑顔を見せた。

「俺が任されてるとこはですね……」

幸太の鼓動が速まった。まるで、プロポーズの返事を聞いているようだった。

「ストーブ前、って言いたいとこですけどね、残念ながら違いますわ。でも、その一歩手前までやらせてもらってます」

ほっ、とした自分をほんの少しだけ軽蔑し、すぐに思い直した。ストーブ前の一歩手前といえども、あの店でならば大した力量を持っているはずだ。

「でもね」と淳一は明るく言った。「先週ね、うちのシェフに認められるための登竜門っていうか、試験みたいなもんがあったんです。俺、それをどうにかクリアしたらしいんです。もしかしたら、近々昇進なんてことがあるかもしれないです」

「へえ……そうか、頑張ってるんやな」

「はい、俺はやりまっせ。柴山さんに追い付け追い越せですわ」

そう言って拳《こぶし》を作り、幸太にこれ見よがしのガッツポーズを見せ付けると、淳一は手元に目をやった。

「あっ、俺、そろそろ行かなあきませんわ。待ち合わせ時間に遅れてしまうんで」

「そうか、また飲みにでも行こな」

「はい。俺もまた柴山さんの店に食べに行きますわ。あ、そうや、柴山さん、俺に内緒で携帯番号変えたでしょ。教えといて下さいよ」淳一が冷ややかな目付きで言う。

「悪かったわ、そんなに怒らんといてや。何かと忙しくてついつい連絡するのが面倒になってもうてな……って、お前かて変わっとうやろ。お互い様やで」

顔を見合わせて笑い声を上げると、二人はその場で自分の携帯電話を取り出し、お互いの電話番号を教え合った。

「ほな、またな」

「はい、また連絡します」

背を向け、駅に向かって歩いていく淳一の幅広くてごつい背中が、何だか頼もしい存在のように見えた。

幸太はヘルメットを被ると、煙草をくゆらすような息を小さく吐いた。物思いに耽《ふけ》りそうになっている自分を現実に戻す。

「俺ももうすぐ父親や、もっと頑張らな」

誰に言うともなしにそう呟くと、三輪バイクに跨《また》がってエンジンをかけ、アクセルを吹かした。搔き分ける風の質が、ことのほか柔らかく感じられた。

2

午後七時五十分。とうとうその時間が目前に迫っていた。自分の店を始めてからの四年間で、これほど緊張して予約客を待っていることはなかった。

「もうすぐですね」と忙しくホールを動き回っていた、アルバイトの岡本雪乃《おかもとゆきの》が隙を見て幸太に囁いてきた。「柴山さんの作る料理やったら絶対大丈夫。唸らしたって下さいよ」

夕方に出勤してくるなり、幸太の口から午後八時にやってくる予約客の詳細を耳にした雪乃は、この受難を大層面白がる反面、ずっと励ましの言葉をかけてくれていた。

「せやな、腕が鳴ってしゃあないわ。こっちはすでに準備万端整ってんねんから、はよ来んかいや、ちゅう感じやな」

幸太は不安を隠すように、わざとおどけてみせた。

雪乃は、ふふ、と小鳥が鳴くように笑うと、テーブル席の客が追加した、温めておいたバゲットの入った籐《とう》のカゴを持って身を翻した。

これだけ時計の針が気になったこともない。幸太は、この一時間で何十回確認したかしれない時計に目をやると、気功師がやるように両手をゆっくりと下げて息を整えた。精神は高まり、気合は漲っている。

土壇場になって腹が据わったようだった。こうなったら思い切りやってやれ、と指の関節をぱきぱきと鳴らし、幸太はそのときを待った。

その予約の電話があったのは、ランチ営業が終了して店が休憩時間に入った午後二時過ぎのことだった。幸太は店のカウンター席で一人、ペリエの栓を開けると、午後六時から始まるディナー営業に向けて、仕込みの段取りを考えていた。

電話を取ったとき、最初はそれが誰なのかがわからなかった。名前を名乗らなかったからである。しかし、その馴れ馴れしい口調で、先週行った披露宴の話題が語られた瞬間に理解した。電話の相手は、披露宴で同席していた新郎の母親、木下麻紀であると。

木下麻紀は、先週同様に夫のことを激しく非難し、息子の貴史のことを大いに自慢していた。披露宴に現れなかった夫は、あれからずっと行方知れずになっているらしい。その後すぐに、貴史が社長職を継ぐ時期が早まったと喜んでいたが、一体どこまでが本当の話なのかわかったものではない。

興味深かったのは、夫の経営する会社の社員が殺人事件の被害者になった、という話であった。披露宴のあった翌日の早朝、チャペルからもその姿が近くに望める神戸ポートタワーの足元の海面に、その社員の刺殺体が浮いていたのだという。テレビニュースの中で目にした記憶のある事件だったが、まさかその被害者が木下家とゆかりがあったとは。これには少々驚いた。

木下麻紀は、夫が社員を殺して逃げているのではないか、と冗談を交えて軽妙に語っていたが、とても笑える話ではなかった。本当にそうであってもこの女は笑っているのかもしれない、と考えると、夫の境遇が気の毒になった。

結局、脱線話に付き合うこと十五分の後に、やっと本題に入った。今日の午後八時に二人行くから席を取っておいてくれ、という内容だったが、空いているのが当然といった木下麻紀の見下した物言いが、幸太の癇に障った。

予約帳を開いて更に頭に血が上った。断ってやろうと思っていたのに、二名分きっかり席は空いていた。ただし、それはカウンター席であったことが、幸太に若干の落ち着きを取り戻させた。

〈ビストロ・コウタ〉には、カウンター八席、四人掛けテーブルが二脚、二人掛けテーブルが一脚と、全十八名分の席しかない。幸太の主義として、一日の予約は八名から十二名までしか取らないと決めている。

三つあるテーブル席から順に埋めていき、二名、二名、二名、にカウンター席二名で八名分、四名、四名、二名、にカウンター席二名で十二名分、といった計算からである。それ以上の予約は、いかに席が空いていようとも断っている。

つまり、予約で満席という形には決してせずに、カウンターの六席だけはぶらりと訪れる客のために空けておくのである。これは、新規顧客を常に獲得していきたい、という小さな店ならではの戦略であったし、連日満席で賑わう店だからこそ出来る芸当でもあった。

カウンター席でもよろしいですか、と尋ねると、案の定、テーブル席のほうがいい、という返答があった。間髪入れず、あいにく他は満席でして、と言葉を返した。満席、という言葉に力を込めたのは、少々大人気なかったとすぐに反省した。

けれど、本当に大変なのはここからだった。無理にでもテーブル席にしておくべきだったと、幸太が激しく後悔することになる台詞が、電話の向こうから聞こえてきたのだ。

木下麻紀は、舌打ちをした後でこう言った。それは、彼女の傍にいると思われる人物に向けての言葉だった。

——お父ちゃん、カウンター席しか空いてへん言うてるけど、それでもええか。

幸太はその声に大きく動揺した。

ゴッド中島が俺の料理を食べにくる——。

披露宴で目にした、中島翁のとんでもない嗅覚が思い出された。あの老人の持つ、超人的な味覚を満足させる料理を作る自信は到底なかった。

しかも、カウンター席に座るということは、オープンキッチンで腕を振るっている姿が近距離で確認されてしまうということである。背に受けるプレッシャーの重量は、数万トンの貨物を積む大型タンカーにも匹敵するだろう。

電話を切った後、焦りと忙しなさが胸の中で渦を巻き、幸太は、突然発生した火災から逃れるように慌てて席を立った。一刻も早くディナーの仕込みを終わらせて、一つひとつ念入りに確認作業をしなくてはならなかった。

ディナー営業が始まるまで三時間強しかない。遊んでいる暇はなかった。幸太はいつも以上の集中力で仕込みに没頭した。

全ての準備が終わったところで、喉を潤そうとカウンターの上にあったペリエの瓶を手に取った。ペリエの炭酸はすっかり抜け、ただのぬるい水となっていた。まるで、今の不安な気持ちを代弁しているかのような味だった。幸太は気の抜けたペリエを一気に飲み干し、苦い顔で口元を拭った。


「いらっしゃいませ」

雪乃の明るい声に振り向くと、そのときがついにやってきたのがわかった。

中島翁が杖を付いて入口に立っていた。白いスラックスにモスグリーンのカーディガンを合わせ、頭には茶色いハンチングを被っている。披露宴のときと違って随分とくだけた装いだったが、その着こなしは欧州貴族のように上品だった。自分の店のある場所がパリの街角だったかと、思わず錯覚しそうなほどによく似合っていた。

斜め後ろには、口髭を蓄えた丸顔の中年男性が、中島翁の影のようにぴったりと付き添っている。初めて見る顔で、目に威圧的な力を持った人物だった。

一緒にやってくるのは木下麻紀だと勝手に決め付けていたが、どうやらその人物が中島翁の連れらしかった。

「こんばんは、いらっしゃいませ」

雪乃によって左端のカウンター席に通された中島翁に、幸太はにこやかに微笑んだ。

他の客たちのディナーコースは全てメイン料理まで出し終えていたので、今はちょうど手が空いていた。

「どうも、お邪魔します」

中島翁はそう言って微笑みを返し、連れの男性は無言で会釈を寄越した。厨房内を舐めるように観察するその視線に、同業の匂いを感じた。

ハンチングと杖を雪乃に預けると、中島翁は店内をぐるりと見回した。

「それにしても、大盛況ですな」

「狭い店ですので、そう見えているだけですよ」幸太は謙遜《けんそん》した。

今夜は、午後七時頃に予約客とそれ以外の客が一気に集中したので、店内は中島翁たちの席でついに満席となり、大いに賑わっていた。

十六名分のディナーコースの注文がほぼ同時刻に重なったため、さっきまで目の回るような忙しさに追われていた幸太だったが、これを乗り越えれば中島翁たちの料理に集中出来るので却《かえ》って良かった、と張り切って仕事をこなしていた。

「テーブル席を御用意出来れば良かったのですが……窮屈じゃありませんか」

カウンター席は、本来ならば椅子を十二脚置ける長さがあるのだが、ゆったり食事が楽しめるようにと、敢《あ》えて八脚しか用意していない。故に、窮屈であるはずがないのだが、それはあくまでもお愛想である。

「いやいや、これで充分ですわ。それに――」中島翁はひょいと首を伸ばして、厨房の中を覗き見る仕草をした。「この席からならば、あなたが料理を作っている手元がよく見えるので、私の連れも飽きずに済むでしょう」

からからと笑う中島翁の言葉が、幸太の肩にずしりと伸《の》しかかった。

「まいりましたね、萎縮《いしゅく》してしまうようなことを言わないで下さいよ」

笑って切り返したが、内心は冷や汗ものだった。連れの男性は、ぴくりとも表情を動かさない。

「さて、と。お任せしますので、適当に見繕って下さいな」

ディナーコースで用意してあるメニューは、オードブルが二皿に、魚のメイン料理、肉のメイン料理、そして最後にデザートと食後の飲み物、といった構成のフルコース一種類のみである。客が選択出来るのは、それをハーフコースにしてメイン料理を魚と肉どちらにするのか、その一点だけである。

どんな客でも平等に扱って特別なことはしない、というのが幸太の信条であった。たった一度だけ、妻の綾香と出会った日にその禁を破ってしまったが、それ以降は頑なに守るように心掛けている。相手が中島翁でもそれは一緒であった。出す料理は、他の客たちが口にしているものとまったく同じものにするつもりだった。

もちろん、そんなことはおくびにも出さない。精一杯美味しいところを御用意させて頂きます、と幸太は笑顔で了解した。

「それから、それに合ったワインもお願いします。出来れば一種類、赤で結構です」

試されている、と幸太は思った。

ワインリストには、安価なワインしか名を連ねていない。だが、料理に合うワインというものは、高ければ良いというものでもない。偉大なワインはときに料理の味を脇役に押しやってしまう。重要なのは、料理という主役がいかに名優であろうが、平凡な役者であろうが、その主役の個性を引き立てる名脇役を用意するということである。安価なワインの中にも、才能溢れる役者は存在しているのだ。〈キュイジーヌ・ド・デュウ〉のように、主役も脇役も国宝級の名優が演じて見事に調和しているという例は、別世界のおとぎ話のようなものである。

中島翁はそれを見越した上で、どんなワインが常備されており、その中からどれを選んでくるのかを試し、楽しんでいるのだ。

頭を悩ませた末に、幸太はフランス産ワイン、クロ・マリ、のロリヴェ二〇〇五年を選んだ。五千円という値段は、店のワインリストの中では高級の部類に入る。

世界的に名の知れた銘柄ではあるが、それを理由に選んだわけではない。その程よい酸味とミネラルが凝縮されたような繊細な味わいが、今日のディナーコースの野趣溢れる料理によく合うと考えた結果であった。それに、ロリヴェ二〇〇五年は、クロ・マリの中では最もスタンダードで安価なものだった。仕入れ値は二千円少々である。

雪乃に赤ワインの指示をした後、幸太は一皿めのオードブルに取りかかった。カウンター越しに、先に出しておいた食前酒を舐める中島翁の声が聞こえてきた。

「ふむ、よくこなれたアプリコットや」

それは、自家製の杏酒を炭酸で割ったものだった。店には、果物を酒に漬けて熟成させた数種類の果実酒を常備してある。全て幸太のお手製で、毎年季節が変わる度に様々な果物をベースに仕込んでいる。それらはディナーコース用のアペリティフとして、ことのほか重宝しているものだった。

今回使用したのは、杏の実をラム酒とブランデー、少量の氷砂糖と共に漬け込んで、三年寝かせて熟成させたものだったが、どうやら気に入ってもらえたようだった。

一皿めの料理は、炭火で炙って香ばしく焼き上げた賀茂茄子《かもなす》に、やはり炭火で炙った鴨《かも》肉を合わせ、鴨のアラからとった出し汁、フォン・ド・カナールと、完熟トマトから作ったソースをかけた冷製のオードブルだった。賀茂茄子はただ焼いただけのものではなく、仕上げに、白葱《しろねぎ》とオリーヴ油から作った香味オイルを塗ってある。

特に言われたわけではなかったが、中島翁の皿だけ半分の量しか盛らなかった。

「ほう」と中島翁の声が聞こえた。「なるほど……ええ仕事や。なあ」

「はい」連れの男性が初めて口を開いた。地を這うような低い声だった。「鴨はあくまでも付け合わせで、茄子の旨味を引き立てる存在でしかない。この白葱の香りがそれを上手にまとめています。ソースも申し分ない」

目を向けると、料理を咀嚼しながらワイングラスを手にする二人の姿が見えた。中島翁はにこやかだったが、連れの男性は無表情だった。

幸太は、その様子をつぶさに観察していたい衝動に駆られたが、次の皿の準備をしなければならない。誘惑を振り払い、フライパンを手に取った。背に感じる鋭い視線は、おそらく連れの男性のものだろう。もはや、同業であることは疑いようがなかった。

二皿めは、パスタ料理だった。幅広の平打ち麺であるパッパルデッレは、幅が二十ミリもある極太のものを用意した。もちろん、幸太の手による自家製手打ち麺である。それに麺にはアンディーブのピューレを練り込み、独特のほろ苦さを演出してある。それに絡めるソースは、昨日のメインで使用した穴子《あなご》のアラを煮出したフォンに、生クリームやバター、少量のサフランなどを加えたものである。麺の一本一本が均等にずれるようにロール状に巻いて盛り付け、その中心に平目《ひらめ》で作った淡泊なムースを忍ばせる。ナイフとフォークを使って食べてもらう一品であった。

「ふむ、どうやら柴山さんは、私に気を遣ってくれているようですなあ」

中島翁の言葉に、幸太は次の料理を準備していた手を止め、顔を上げた。その視線がぶつかり合う。

「料理の量もそうですが、このソースにしても、私のものだけあまりリッチにならないように仕上げたでしょう。私の身体を気遣って頂いて申しわけないです」

その通りだった。肝臓が悪いという中島翁に配慮して、幸太は彼の皿のソースだけ、生クリームとバターを少し控えめにして作っていたのである。両方の皿を食べ比べてみなければ、見た目にはその違いはまずわからないはずだった。

見ると、中島翁はまだ料理に手を付けていなかった。連れの男性も同じである。この老人は、二つの皿を目で見比べて、香りを嗅《か》いで、そう判断したのである。

(まったく、ほんま恐ろしい爺さんやな)

幸太は、人間業とは思えないほどの鋭敏な鼻を誇る中島翁に、驚くのを通り越して呆れるような思いだった。だが、パスタ料理を食べ終わった後、彼の漏らした感想の中で、麺に練りこんであるアンディーブのことが語られなかったのが意外だった。

ソースの中に溶け込んでいる穴子の旨味には鋭く反応していたのに、それと同じく、姿形は見えずともその味は感じるはずの、アンディーブの苦味について言及しなかったのである。ごく少量の風味しか感じられないように作ってあるとはいえ、中島翁の鋭い味覚ならば即座に見破るだろうと思っていただけに、肩透かしを食らった気分だった。

三皿め、魚のメイン料理は、今朝市場から仕入れてきたばかりの蛸の料理だった。それには二種類の調理法を用いて趣向を凝らしている。

一本の足を半分にカットする。根元側は、白ワインや香味野菜の入った漬け地でマリネしてから、半生の状態になるように炭火でさっと焼く。足先側はゆっくりと煮込んで、薄い塩味の付いた柔らか煮にする。

それぞれを一本の足に戻すような形で盛り付け、コリアンダーとバジルなどの香草をふんだんに加えた、香り豊かで甘酸っぱいソースで食してもらう。甘酸っぱさのもととなっているものは、自家製の梅酒を煮詰めたものと、八百屋で強引に貰ってきた南高梅から抽出したエキスだった。付け合わせとして、ズッキーニのガーリックソテーを盛り付けた。強烈な香りがぶつかり合う、幸太得意の濃厚で豪快な一品だった。

「これは素晴らしい一品ですな。独創的で荒々しいが、計算し尽された料理でもある。蛸をメインにもってくるなんてことは、普通の料理人ではなかなか出来ないことです。庶民的な材料故に、どうしても品格に欠けてしまうし、調理も難しい。下手にするとと田舎料理の域を出ない味しか生み出せない。この料理が成功しているのは、これに上品さを求めなかったことでしょう。それに、このフレッシュな梅の清々しい酸味が実にいい。これがなければ、きっとまとまりに欠けた凡庸な味に終わっていたでしょう」

中島翁の絶賛に近い評価に、幸太は大きく満足した。それと同時に、奇妙な思いも感じていた。アンディーブの苦味のときと同じく、生の南高梅の酸味も少量の風味しか感じないように作ってある。ソースに梅酒も使用している分、生の梅を使っていると見極めるほうが、パスタ料理のケースよりもおそらく難しいだろう。しかし、中島翁はそれをずばり言い当てた。それだけに、アンディーブの一件が腑《ふ》に落ちない。

「このワインともよく合ってます。クロ・マリのエレガントで女性的な柔らかさが、この野性的な料理の個性を上手に引き出しています」

そう言ってワイングラスを掲げた中島翁は、嬉しそうに言った。

「いやあ、楽しいですな。私の目に狂いはなかった」

波打つ深紅の液体が、天井の明かりにその身を透かし、宝石のように光り輝いていた。

3

中島翁と連れの男性の前に食後のコーヒーが運ばれたとき、店内にいる客は彼らだけになっていた。時刻は午後九時三十分を過ぎたところだった。ラストオーダーの時間を回ったために、彼らが最後の客ということになった。

「堪能しました」と中島翁は目を細めた。「あなたはやはり、素晴らしい料理人でした。最後の肉料理のソース、黒オリーヴとピスタチオのバランスも見事でした。豚肉のロティにも非常によく合っていました」

「ありがとうございます。ですが、私が披露宴のときに味わったレベルの高い料理のことを考えると、こんな安物の素材しか扱っていない料理を中島さんにお出しするのは、お恥ずかしい限りです」

幸太はそう言って苦笑いを零した。

「いやいや」中島翁の目尻に、更に深い皺が寄った。「料理人にとって大切なことは、与えられた材料を、いかに美味まで昇華させるのかということです。素材の良し悪しは問題ではありません。たとえどんなに粗末な材料だったとしても、飽くなき探究心を持ってそれに接し、それを食べる人間、すなわち客たちに、いかに驚きを与えられるか。それが大事なのです。柴山さんはフェルナン・ポワンを御存じですか」

「はい、一応。名前だけですが……」

フェルナン・ポワンとは、二十世紀最大のシェフと謳われている人物で、生前はフランスのヴィエンヌにある、〈ピラミッド〉という三ツ星レストランを経営していた。希代の天才料理人として当時のフランス料理界の頂点に君臨しており、現代フランス料理の基礎を作った偉大な人物としても知られている。

「ポワンは生前、こう言っていました。料理人の務めは、お客さんに常にささやかな嬉しい驚きを差し上げることだ、と。私も同じ考えです。あなたの料理は、そういった点で非常に秀逸でした。盛り付けはもちろん、味の組み合わせに至るまで、客を驚かせて楽しい気分にさせようという意気込みに満ち溢れています。ポワンはこうも言っています。付け合わせというものは、ネクタイと背広のように釣り合いが取れていなくてはならない、と。この点でも見事でした。特に、蛸に合わせてあったズッキーニ。あれをガーリック風味に仕上げることで、そのコーディネートは個性溢れる一品に昇華したのです。凡庸な料理人ならば、主役の蛸から一歩引いた味付けにしてしまうでしょう。あなたはそれを、主役と喧嘩させることによって新たな美味を生み出している」

常に驚きを用意したい——。期せずして、かの偉大な料理人と幸太の料理に対する信念は同じだった。嬉しい思いが胸いっぱいに広がった。

中島翁はほんのりと酔っているようだった。喜ばしいことに、彼は今夜のディナーがいたく気に入ったようで、途中で二本めのワインを追加していたのである。上機嫌この上なく、その口は滑らかだった。

「フランス料理に限らず、昨今の日本にある西洋料理のレストランに欠けているのはそこなのです。活きの良い極上の鯛《たい》があったとしましょう。凡庸な料理人は、そのまま食べるのが一番美味しいのだとばかりに、塩を振って焼いただけのようなシンプルな料理を作りたがります。馬鹿な料理人になると、和食を真似て生食をさせようとしてきます。まるでそれが洗練の極みだとでもいうようにね。確かにそれらは、素材が良いために確実に美味でしょうが、料理としては、和食でいう魚の焼物や刺身、寿司の高い完成度には遠く及ばない。それを超えろとは言いませんが、せめて肩を並べる程度の味にまでは持っていかなければ、驚きのある料理として成立しません。そこにあるのは、西洋料理の店で和食のような料理が出てきた、という見せかけの驚きでしかないのです。中身を伴っていない。同じレベルのものが作れないのならば、それに手を出そうとせずに餅は餅屋に任せておけば良いのです。いやしくも西洋料理を志す者ならば、西洋料理の技法で美味を目指すべきなのです。裏を返すと、彼らは自分の腕に自信がないのです。極上の鯛を前にして、主役を変にいじくって台無しにしてしまうのが怖いのです。だから素材の味で勝負をしたがるのです。あまり良くない鯛でも彼らは同じことをします。今度は主役に自信がないために、やたらと周りの脇役で勝負をしたがります。実力のない主役をどこかに追いやってしまうのです。そうなると、主役は鯛でなくとも良いことになってしまう。そうではない、断じてそうではないのです」

語りが熱を帯びてきた。中島翁は、厳しい表情で憂いていた。

「どんな主役でも、唯一無二たる美味の可能性を秘めているのです。それをいかに引き出すか、いかに個性を尊重するか、そこなのです。正直に申しますと、あなたの料理は実に粗い。嫌がる主役を強引に壇上に押し上げたような料理です。だが、その主役は萎縮してはいない。存在を消してしまってはいないのです。なにくそ、と己を主張し、一生懸命役を演じている。私の店の料理は、言わば、ギャラの高い一流の演者たちを最高の演出家が手掛けるという、贅を尽くした完成された舞台ですが、あなたの料理は、三流の演者たちの尻を叩いて発奮させ、成長を促す、情熱的で発展途上の舞台です。しかし、ときにそれはとても魅力的に映るものです。少なくとも、一流の演者を集めてはいるが、その主役が誰だかわからないような舞台よりはずっと上です。柴山さん、あなたは正しい。どうか迷わずに自信を持って、このままの方針を貫いていって下さい」

中島翁の優しい瞳が、幸太のそれに重なった。

「……はい、頑張ります」

不思議な老人だった。その口振りはまるで、あの日、披露宴のときに〈キュイジーヌ・ド・デュウ〉の料理を口にして以来、芽生えていた幸太の鬱な思いを見抜いているかのような言い方だった。

「いやあ、今日は実に楽しい。もう少し話をしていてもよろしいですかな」

中島翁は、店内を見回して閉店時間を気にする素振りを見せた。

「はい、もちろんです。ごゆっくりどうぞ」

幸太は笑顔で答えた。嘘偽りのない、素直な気持ちから出た言葉だった。ラストオーダーは終わったものの、閉店時間の午後十時まではまだ間があったし、何よりも、中島翁の話には妙に惹き付けられるものがあった。

「雪乃ちゃん、もうええから上がり」

中島翁の話の最中、ずっと洗い物をしていた雪乃に幸太は囁きかけた。話が長くなると彼女も帰りづらくなるだろうと、気を遣ったのである。

察した雪乃は、おつかれさまでした、と小さな声で囁き返すと、中島翁と連れの男性に一礼をして更衣室へと向かった。

中島翁は悠然とコーヒーカップを持ち上げ、唇を湿らした。

「柴山さんは、味覚、というものを真剣に考えたことがありますか」

意図の読めない、難しい質問だった。

「……いえ」

そう答えるしかなかった。中島翁は、昔を懐かしむかのように遠い目をしていた。

「人間は生きるために食べるべきで、味覚を楽しむために食べてはならない、という言葉はガンジーのものです。これを素晴らしい教えだと思いますか？　この世の全ての動物は、他の生命を奪わないと生きていけません。食べなければ自分が死んでしまう、という宿命を背負って生まれてきているのです。その中でも人間というものは、奪った生命を弄ぶ、料理という行為をする唯一の動物です。つまるところ、ガンジーはそれを罪深い行為だと否定し、人間も他の動物と同じ様にあるべきだ、と説いているのです。しかし、果たしてそれは正しいのでしょうか。私は、味覚とは人間の本能の一種であり、生きていく上で必要不可欠なものだと考えています。神が動物たちに与えた、食べる、という行為には、そこに食欲という本能が付随しています。動物たちが食べることを忘れて死んでしまわないようにと、神が付け加えたものです。これは、全ての動物たちに平等に与えられていますが、人間だけ、その中に味覚という本能が存在しているのです。つまり、他の動物にとっての食欲が、人間にとっては味覚でもあるわけです。料理を否定するということは、人間の本能を否定しているということです。ガンジーの教えを遵守すれば、間違いなく人間は滅びるでしょう。それは、交尾を忘れた動物が絶滅していくのと同じことです。どうして神は人間だけにそんな本能を与えたのか、これは議論するのも愚かなことです。その理由は神しか知りません」

中島翁はそこで息をつくと、じんわりと染みるように微笑んだ。

「実は、ブリア・サヴァランの言葉に、造物主は人間に生きるがために食べることを強いる代わり、それを勧めるのに食欲、それに報いるのに快楽を与える、というものがあるのですが、私はそれを素晴らしい名言だと捉えていまして、今の話はそれを参考にした、味覚に対する私の解釈です。さっき、議論するのも愚かなことだ、と申し上げたばかりで恐縮なのですが、私はね、味覚というものは、神が人間に与えた褒美だと考えています」

ブリア・サヴァランという人物の名は、幸太も知っていた。美味学＝ガストロノミーという言葉を一般に定着させた先駆者であり、フランス史上最も有名な美食家でもある。十九世紀初頭に出版された、彼の代表的著書である『味覚の生理学』は、ガストロノミーを語る上では欠かせない文献として、あまりにも有名であった。

「褒美、ですか……それがサヴァランの言う快楽、つまり味覚であると」

幸太の言葉に大きく頷くと、中島翁は続けた。

「サヴァランのこの言葉は、人間の部分を動物に置き換えて語ることも出来ます。その場合、快楽というのは満腹感のことです。食べる、という行為は大変な重労働です。生きるために食べ、食べるために生きることを、死ぬまで続けなければならないわけですからね。たとえ食欲があったとしても、何か見返りがなければ到底続くものではない。神はそんな重労働をさせる見返りとして、満腹感という快楽を用意したのです。だが、この目論《もくろ》みは見事に成功し、動物たちは食べることが苦痛でなくなったのです。

ここで予想外のことが起こった。満腹感以外の快楽を求めようとする種族が現れたのです。つまり、食べることに対して進化をしようとする種族です。彼らが火を起こし始めたとき、まだ味覚は与えられていなかった。それにもかかわらず、彼らは捕らえた獲物を焼こうと試みていた。神は大層驚き、そして感激した。神の意思とは別のものが生まれ始めていた。これが料理の始まりです。驚くべき進化を遂げているその種族に対し、神は褒美を与えることを考えた。その結果、食べることだけでなく、料理という重労働まで自ら背負おうとしている彼らへの見返りとして、神は彼らだけに特別に、満腹感以外に味覚という快楽を与えたのです。とっくにお気付きでしょうが、その種族というのは人間のことです」

幸太は、中島翁の繰り広げる論説に深い感銘を受けると共に、疑問も感じていた。それを口にする。

「あの、中島さんのその考えからすると、人間以外の動物には味覚がない、ということになってしまうと思いますが……」

「そうですな」中島翁は言った。「私は、味覚というものは、人間だけのものだと思っております」

「ですが、その、例えば犬ですが、好き嫌いがあるのは何故でしょうか。犬は、ドッグフードよりもやはり本物の肉を好みますし、甘い物を与えると、それに狂ったように飛び付いてきます。それは、味覚があるからではないのでしょうか」

「それは味覚ではありません」中島翁は断言した。「学術的に言えば、動物にも味覚は存在することになっています。味を判別する細胞である味蕾《みらい》は、それが発達しているかそうでないかの差だけで、昆虫でさえも持っていると。人間や犬は、舌を主とする口の中に味蕾があるが、動物によっては体の表面全体にあったり、足先にあったりもするそうです。ですが、それはあくまでも細胞として考えた場合の話です。人間以外の動物は、味を味としては感じていない。犬などの嗅覚が発達している動物の場合は、その鋭い嗅覚と脳に刻み込まれた本能で好みを決定しているのです。味というものは、一種の刺激物のようなものなのです。血の匂いを本能が求め、甘い物は刺激として欲する。味わうためではなく、そこにあるのはやはり食欲なのです。そうでなければ、彼らの食生活はもっと違ったものになっているはずです。だが、昔から何も変わっていない。肉食獣は肉を食べ、草食獣は草木を食べている。それに対して、人間の食生活は未だに変化し続けているのです。この事実は一体何なのでしょうか。答えは一つしかないはずです。それは、味覚が人間だけのものだからです」

雄弁だった。博学の中島翁に、幸太は舌を巻いた。

「ここで少し面白い話があります」

そう言って、中島翁は相好を緩ませた。

「動物園でも人気のあるパンダは、分類学上の識別がはっきり決まっていない動物らしいのです。学者によって、クマ派やアライグマ派、そして完全に独立したジャイアントパンダ派を唱える人たちに分かれており、その姿が発見されてから随分と研究が進んでいるにもかかわらず、未だに決着が付いていないのだそうです。要するに、解明されていない謎が多いのです。パンダの名前の由来は、竹を食べるもの、という意味のネパール語、ネガリャー・ポンヤ、からきていると言われております。ポンヤがパンダに変化して定着したということです。それ程に、竹を主食としていることが有名なパンダですが、実は、分類としては食肉目に属しています。竹を主食に生きているにもかかわらず、肉食獣と同じ分類にされているのです。どうしてだかおわかりですか」

「いえ」幸太は少しも考えることなく、すぐに首を横に振った。早く話の続きを聞きたかったのだ。その様子を悟ったらしい中島翁から、ふほほ、と楽しげな笑い声が漏れた。

「答えはですな、パンダの祖先にあるのです。パンダはその昔、動物を捕らえて食べていたらしいのです。歯の構造が、そのような面影を残しているのだそうです。獲物を切り裂く鋭い歯は退化しているのですが、肉を咀嚼するために必用な歯はまだ存在しているらしいのです。それ故に、食肉目に分類されているのです。実際、パンダに肉を与えると喜んで食べるそうです。狩りの能力はなくなっても、本能が肉を欲しているのでしょう」

幸太は驚いた。パンダが肉を食べるとは、ついぞ知らなかった事実であった。

「肉食獣だったパンダの祖先は、その決して俊敏とはいえない動作から、獲物を捕らえることが困難だったのでしょう。絶滅を恐れた彼らは、近隣の竹林に移動した。つまり、生きるための主食を、滅多に有りつけない肉から豊富に生い茂る竹に変えたのです。私はさっき、獲物を切り裂く鋭い歯が退化した、と申し上げましたが、実は、それは進化でもあったのです。現代のパンダの歯は、太くて丈夫で、竹を嚙み砕くことに適しています。これらのことから、肉を食べることを忘れた肉食獣、とパンダのことを表現する人間もいるそうです。私は、この話を聞いたときに思ったのです。これは、獲物を捕らえる歯はなくなったが、それを食べるための歯はまだ存在している。これはどういうことかと。獲物を捕らえられないのならば、それを食べるための歯だって必要ないはずです。考えた結果、ある仮説が浮かびました。馬鹿馬鹿しい内容ですが、まあ聞いてやって下さい」

中島翁は、子供のように目を輝かせていた。どうやら、話したくてうずうずとしているようだった。幸太は、興味津々に耳を傾ける仕草をして先を促した。

「私は考えました。パンダはその昔、ある理由から神を怒らせ、その罰として肉を食べることを奪われたのではないのかと。そのために、神によって本能が竹を欲するように変えられたのです。だが、中にはその罰を受け入れない連中もいた。神の目を盗んでは、肉食に手を染めていたのです。それはどうしてなのか。実は、そのパンダには味覚が備わっていたのです。だからこそ、本能を変えられたのにもかかわらず、舌に残っていた肉の味が忘れられなかったのです。その遺伝子は脈々と受け継がれ、今に至った。それが、肉を食べるための歯が現存している理由です。味覚を持っている一部のパンダは、今でも神の隙を見ては肉を食べているのでしょう。パンダの模様が白と黒なのは、光と影を表しているのです。白は穏やかに竹を口にする本能、黒は獰《どう》猛《もう》に肉を貪る本能なのです。パンダはその模様と共に本能も白黒併せ持っているのです。どうですか、私のこの仮説は」

「とても面白いです」幸太は笑った。「でも、その仮説が成立してしまうと、味覚を持っている動物は人間とパンダの二種類になってしまいますよ」

ふほほ、と中島翁は笑った。

「そうですな、まったくその通りです」

「それに、獲物を捕らえられないのならば、味覚を持っている現代のパンダは、一体どうやって肉を食べているのですか」

「これは一本取られましたな。ですから、これは馬鹿馬鹿しい仮説なのです」

中島翁は、勘弁してくれとばかりに額を手の平で叩いた。そのとき、終始無言だった連れの男性がぼそりと呟いた。

「鋭い牙はなくとも、寝首を掻けば狩りは出来る」

突然のことに、一瞬空気が止まった。が、すぐに中島翁が高らかに笑い声を上げた。

「そうや、その通りや。お前の言う通り、弱い草食動物でも、油断させれば肉食獣を倒せるということっちゃ。柴山さん、どうやら引き分けのようですな」

「そのようです」

中島翁を真似て額を叩くと、幸太も笑い声を上げた。連れの男性だけが、むすりとしたままで笑っていなかった。恐ろしく無愛想な男だった。

「さて、と」落ち着いた頃合いを見計らって、中島翁は言った。「そろそろおいとましましょうか。どうも御馳走様でした。大変に有意義で楽しいひと時を過ごさせてもらいました」

「こちらこそ、どうもありがとうございました」

腰を上げる中島翁に、幸太は預かっていたハンチングと杖を差し出した。

「また、私もそのうち中島さんの店に寄らせて頂きます。予約でいつもいっぱいだと聞いていますので、いつになるのかはお約束出来ないのですが……」

「そんなこと、私を通してもらえれば、すぐにでも席を御用意させて頂きますよ」

当然だというように、中島翁は胸を叩いた。

「ほんまですか? 甘えてしまいますよ」

「ぜひそうして下さい。首を長くしてお待ちしております」

「ありがとうございます。予定を立てておきます」

腰を折って礼を述べた幸太は、そこでふと思い出した。

「そうだ、そちらの厨房で原田淳一という男が働いていると思うのですが、そいつとは昔一緒に働いていたことがあるんです。今朝久し振りに原田と偶然に会いまして、それでそのことを知って驚いたのですが、あいつはしっかり働いて役に立っていますか」

「ほう、そうだったのですか」

中島翁は驚いた素振りを見せると、傍らの男性に目を向けた。

「原田くんのことは、私よりもこの男のほうがよく知っているでしょう。そういえば、紹介していませんでしたな。私の悪い癖です。こいつは、料理のことに夢中になり過ぎて、すっかり忘れていました。私の店で料理長をやっている石国という男です」

「えっ――」

目を剝いて驚く幸太に、石国は会釈した。

「石国です。原田はよくやってくれています。心配することは何もありません」

「あ、ああ、そうですか。どうぞよろしくお伝え下さい」

動揺するあまりに、おかしな言葉が口をついて出た。今朝会ったばかりだというのによろしくもくそもないもんだと、顔が火照《ほて》った。

「わかりました。伝えておきます」

石国は幸太のそんな様子を気にも留めずに、無表情で言った。まるで、能面が喋っているようだった。中島翁が、その肩に手を置く。

「無愛想な男で申しわけないですな。石国は、私以上に料理にしか興味のない偏屈な男でしてな。その代わり、腕は素晴らしい。あなたもこの男の料理を口にしたのでおわかりかと思いますが、四十年、いや、料理評論家を引退してからの十年も加えると、実に五十年にも及ぶ私の美食遍歴の中で、世界中を見渡してもこの男以上の料理人は存在しません。大袈裟でも何でもなく、私は石国こそが世界一の美食を生み出せる料理人だと思っております。この男に扱えない食材は世の中に存在しないでしょう。たとえそれが地を這う昆虫や泥水に生きる植物だとしても、この男の手にかかれば間違いなく美味へと昇華するでしょう。私がレストランを開こうと考えたのも、この男の味と出会ったからなのです」

最上級の賛辞にも、石国は眉ひとつ動かさなかった。ここまで喜怒哀楽を表現しない人間というものは、少々不気味であった。

石国のことを紹介されたのが、料理を作る前でなくて良かった、と幸太はしみじみ思っていた。味覚の鋭い元料理評論家と、天才的な腕を持った料理人というのは、もっともディナーに招待したくない組み合わせだった。萎縮するなというほうが無理だろう。中島翁だけなら何とか開き直ることが出来たが、そこに石国の素性が加わっていたら、その重圧に負けていたかもしれない。

「柴山さん、あなたは自信を失っていたでしょう。しかし恥じることはありません。料理人が石国の料理を口にすると、誰もが志をどんよりと曇らせてしまうのです。しかも、あなたが食べたのは石国自らの手で作った料理です。私がいるテーブルでしたからな、他の者に任せておけないのです。必然的に、私たちのいたテーブルには、他のテーブルよりもクオリティの高いものが出てきていたのです」

そうだったのか、と幸太は少し安心してしまった。〈キュイジーヌ・ド・デュウ〉がいくら超一流の料理を出す店といえども、あんなものすごい技巧を操る人間が厨房にごろごろしていたとしたら、同じ料理人としてたまったものではない。いずれ淳一もその内の一人になるのだと考えると、歯噛みする思いだった。

「だから……ですか？　もしかして、自信を失っているだろうと、私を元気付けるために店にやってきてくれたのですか。料理を褒めて頂いたのもそのせいですか」

いいえ、と中島翁は静かにかぶりを振ると、杖の握り手を両手で持ち、前屈みに体重を預けた。ハンチングを被ったせいで、窪んだ目には影が落ち、その高い鼻がより際立って見えた。

「披露宴のとき、私はあなたが優れた料理人であると感じました。オードブルでのアスパラガスの一件もあったのですが、それ以外の料理の味わい方も見て、この人は味をわかっている料理人だと思いました。味覚が優れていることはもちろんですが、石国が皿の上に意図するところを理解出来ていると感じたのです。これは、料理人にとって非常に重要な資質です。どうして最終的な形をこうしたのか、それがわかっているということは、そういう料理が作れる人間でもあるのです。そして、優れた料理人がいるとなると、その料理を味わってみたいと考えるのは必然でしょう」

中島翁は口元を緩ませた。豊かな皺が笑みの形に引っ張られる。

「私はあなたの料理を褒めました。あの言葉に偽りはありません。私は、味に関しては嘘のつけない性質でしてな、どんなに憎まれようとも、全て本音しか語りません。あなたが素晴らしい腕を持った料理人だということは事実なのです。しかし、この男と比べてはいけません。例えますと、あなたの料理は人間を唸らせるが、石国の料理は神さえも唸らせる料理なのです。店の名前を、キュイジーヌ・ド・デュウ、神の料理、としたのは、決して大風呂敷を広げたわけではないのです」

そこで話は終わった。これからも頑張って下さい、という言葉を残すと、中島翁は杖を突き、石国と共に店を後にした。

厨房の後片付けをしながら、幸太は中島翁がしていたパンダにまつわる仮説を思い返していた。神を怒らせ、罰を与えられたパンダのことを。

パンダは、何をして神を怒らせたのだろう——。

ぼんやりと、そんなことを考えていた。

第四章

1

その日、青山は地取り捜査に精を出していた。

地取り、というのは、事件現場周辺の聞き込み捜査のことだ。捜査活動の中では最も地味で、最も根気を必要とする任務である。捜査活動は二人一組が基本となっており、青山は所轄の神戸水上警察署の若い刑事と組まされていた。

本多と離れられたことは喜ばしいことであったが、コンビを組んだ相棒の若い刑事はやたらに鼻息が荒いだけの、頼りない男だった。聞いたところによると、県警の人間と行動を共にするのは初めてらしい。事件の捜査は二の次で、上層部の人間へのご機嫌取りに心を砕いているような態度にも、いい加減辟易《へきえき》としていた。

曇った心が反映しているのか、この一週間、捜査も無駄足ばかりで目立った成果は何も挙げられなかった。今日も今日とて、まるで昨日までの日々を複写しているようにまったく収穫がなかった。次の場所で見切りを付けて、今日はお開きにする予定だった。

最後に訪れた場所は、初動捜査の際に本多と共に行った、神港物産がオフィスを構える乙仲通一帯だった。事件現場から近いことや、木下運輸から消えた配送車に乗っていったのは木下義明で、その目的地は神港物産だったのかもしれないという推測もあり、ここら辺の地取り捜査は以前から極めて念入りに行っていた。

「ええか、今日は住宅を回るで。以前不在やったとこが中心や」

青山の言葉に、若い刑事は背筋を伸ばした。

「はい、私にやらせて下さい。青山さんのお手を煩わすことはありません」

「そうか、ほな頼むわ。期待してるで」

そうは言ったが、言葉と裏腹に少しもあてにしていなかった。後ろで目を光らせていなければ、せっかくの情報の種を見過ごしかねない。

額面通りに受け取ったらしい若い刑事は、張り切って踵《かかと》を合わせた。

「ありがとうございます、お任せ下さい」

呼び鈴を鳴らし、事情を説明し、ため息をつく。同じ作業を延々と繰り返す。オートロックのマンションではほとんどがインターホン越しの会話で終わり、扉を開けてくれる人間は稀《まれ》だった。

(あかんな、今日も空振りや)

毎回覚悟はしていることだが、そう断定した瞬間に徒労感が一度に押し寄せる。周りの人間はとても三十三歳には見えないと口を揃え、自分でもそう思っている。だが、こういったときに自分の重ねた歳を自覚する。青臭い希望に満ちていた頃が懐かしかった。

「次で終わりやな」

「はい、そこのマンションです」

若い刑事を先頭に、目的のマンションの足元に着いた。路面沿いの一階にはガラス張りのカフェレストランがある。それを横目に建物内に入ろうとしたとき、ふと、あるものが青山の目にとまった。

「どうしたんですか」と立ち止まった青山を見て、若い刑事が不審がる。

「いや……悪いけどな、ここは一人でやってもらってええか」

「は、はあ、構いませんが、青山さんは……」

「別の用事や、先に終わったら外で待っといてくれ。ほなな」

言い残し、青山はカフェレストランの中に入っていった。

「いらっしゃいませ、お一人様ですか」

眩しいほどに満面に笑みを湛《たた》えた店員がやってきた。

「いや」と青山は店内に視線を走らせる。「連れが先に来てんねんけど、探してええかな」

「そうですか、どうぞ」

店員の笑みを背に歩みを進める。行く先のテーブルはもう決まっていた。

「どうも、お久し振りです」

その言葉に、女は開いていた文庫本から顔を上げた。胡散《うさん》臭そうな目で青山を観察した数秒後、声を上げる。

「あっ……この前の……」

「すいませんね、相席えぇですか」了解を得ないままに、青山は椅子に尻を滑らせた。

「少しだけで構わないです、話を聞かせてもらえますか」

女は、神港物産の女子事務員である武田京子《たけだきようこ》だった。彼女は、木下義明と肉体関係があることを認めている。金目当ての関係だろうが、そこは追及していない。

「……他の刑事さんに全部話したと思うんですが……」

武田京子の瞳が、驚きの色から不安の色に変わった。

「それは充分にわかってます、今日は別のことをお伺いしたいんですわ」

「はあ……わかりました……」

文庫本にしおりを挟んで閉じると、武田京子は茶色の長い髪を指に絡ませた。

年齢は二十九歳で独身。歳に似合わない幼い顔立ちで、純情そうな男好きのする顔をしている。三宮のスナックで働いていたところを、四年前に山崎大輔によって神港物産に引っ張られたのだ。木下義明と深い関係になったのは、木下運輸と神港物産が取引を始めたのと同じ頃、二年前のことだった。青山個人としては、山崎大輔とも関係があったのだろうと睨んでいる。もしかすると、今でも続いているのかもしれなかったが、そのことは捜査とは関係がない。

捜査会議の席で、武田京子に関する捜査内容は聞いていた。しかし、その中で何となく気になることがあったのだ。今は、それを直接尋ねることが出来るいい機会だった。

「では早速お伺いします。神港物産への納品は、木下社長が自ら行っていたという点ですが、それは人目を忍んであなたと密会するためやった。あなたはそれを認めましたよね。それはほんまのことですか、正直に言って下さい」

「……もう少し小さな声でお願いします」

人目を気にするように、武田京子は小さく言った。店内はほぼ満席であった。こちらの話に聞き耳をたてるような客はいなかったが、店員が近付いてくるのが見えた。

「あっ、コーヒーで」

注文を告げると、青山は声のトーンを抑えた。

「失礼しました、それで、どうなんです？」

「前に言った通りです。何で疑うんですか」

「最初は何とも思いませんでした。けどね、日が経つに従って、木下社長の人物像がはっきりしてきたんですわ。そしたらね、どうも引っかかるんです。真面目で見栄っ張りで気が弱い、木下社長はそんな性格らしいんですわ。どう思います？」

「……まあ、そんな感じやと思います」

「そうでしょ。何ぼ仕事を隠れ蓑にしていると言うてもね、ほとんど真っ昼間の時間帯ですよ。しかも会社の配送車に乗ってデートに行ってるんでしょう？　木下社長にそんな大胆なことが出来ますかね」

「そう言われても、ほんまのことやし……それに、服も着替えてましたし、会社の配送車はいつも別の場所に停めて、タクシーに乗り換えてま――」

「どこに停めてたんです？」

青山は、間髪入れずに質問を被せた。ここで言い淀むようならば、嘘をついている可能性が高い。そこを抉《えぐ》って真実を引っ張り出すつもりだった。

「ハーバー・チャーチです。あそこは月曜日が休みやから、頼んで停めさせてもらってるって聞きました」

動揺の欠片《かけら》はいっさい見当たらなかった。出てきた答えも納得の出来るものである。〈ハーバー・チャーチ〉は木下義明の義父がオーナーを務めている。そこが休日のときに車を停めさせてもらっている、という理由には筋《すじ》が通っている。

青山は落胆した。どうやら武田京子の証言に嘘はなさそうだった。もしも綻《ほころ》びが見付かれば、そこから木下義明の行方について何らかの道が開けるかもしれない、と考えていたが、そんなに甘くはなかった。

　店員が注文したコーヒーを運んできた。青山はそれを啜《すす》る。

「毎週月曜日、木下社長は神港物産に納品し、あなたを乗せてハーバー・チャーチに配送車を停め、それからデートしとった。そういうことですね、わかりました。疑うような発言をして、えらい申しわけなかったです。では、私はこれで失礼します」

　青山は席を立ち、テーブルの上の注文伝票を手に取った。

「あの」と武田京子が声を出す。

「いや、不快な思いをさせたんやから、ここは払います。気にせんといて下さい」

「あの……」

「結構ですから、それでは」

　背を向けようとした青山に、武田京子は言った。

「そうやなくて、順序が違うんです」

「順序？」青山は動きを止めた。「何のことですか」

「月曜日のことなんですけど、私は配送車に乗ったことはありません。木下社長はハーバー・チャーチに配送車を停めてから納品に来るんです。それから私と一緒にタクシーに乗り込むんです」

「えっ」と思わず声が出た。「車を使わないで、どうやって納品に来るんです？」

「台車です。ハーバー・チャーチから転がしてくるんです。帰りはうちの会社にタクシーで戻って、台車を回収してから歩いてハーバー・チャーチに戻ってました」

「どうしてそんな面倒なことを」

「私と一緒に配送車に乗っているところを、誰かに見られたらまずいからって言ってましたけど……」

〈ハーバー・チャーチ〉から神港物産までは、歩いて十分くらいの距離だろう。最初だけなだらかな下り坂となっているが、後はずっと平坦な道である。息を切らすほどの道のりではないが、だからといって特別楽な作業でもない。

武田京子との密会が発覚してしまうのを恐れる気持ちはわかる。しかし、例えば車内で身を低くさせたりなどして、外から姿を隠すことだって可能なはずだ。万が一知り合いに見られたとしても、武田京子は取引先の事務員だ。何とだって言い逃れは出来たのではなかろうか。

青山の背に、ざわざわとした予感が忍び寄っていた。

どうして配送車に武田京子を乗せなかった？　木下義明は、配送車の中に何か秘密を持っていたのか？　それとも――。

武田京子の言った、順序、という言葉が頭に浮かび、青山ははっとした。

木下義明には、神港物産への納品よりも先に、〈ハーバー・チャーチ〉に配送車を停めねばならない理由があったのだ――。

手にしていた伝票を握り潰し、青山は店内のレジへと向かった。あのう、という武田京子の追いかける声は、彼の耳には届かなかった。

2

朝の捜査会議では、今後の捜査方針の中心となる事案が決定した。それは、捜査本部を仕切る県警幹部たちが、現時点で最も有力だと判断したものだった。

失踪中の木下義明の義父である、中島弘道は資産家であった。ゴッド中島という通称を持つ高名な料理評論家で、ひと昔前まではテレビや雑誌などで活躍していたが、現在は引退している。いくつかの不動産を所有しており、神戸ハーバーランドの一角で経営しているチャペルとフランス料理店もその内の一つである。三人の子供があり、妻は五年前に他界している。

中島弘道の長女であり、木下義明の妻である木下麻紀によると、中島弘道は肝臓を患って久しく入退院を繰り返しており、去年の十二月には危篤状態にまで陥って命を危ぶまれたのだという。その後、大事には至らずに回復したが、次に同じ様なことがあればまず助からないだろう、という医者の所見を受けて家族会議が開かれた。その席で、彼女はうっかり口を滑らせたのだという。父はすでに遺言書を作成している、と。

長男の中島典明《のりあき》と次男の中島茂好《しげよし》はその内容を強く知りたがった。しかし、それを知っている彼女は嘘をついた。財産は姉弟で三等分だと。

木下麻紀いわく、実際の遺言書には、財産のほとんどを彼女のものとする旨が記されていたらしい。長男と次男は中島弘道と折り合いが悪いらしく、彼の入院中にも一度として見舞いに訪れなかったようだった。献身的に付き添っていた自分が優遇されるのは当然のことだと、彼女は主張していた。彼女の息子である、孫の木下貴史を彼が溺愛《できあい》していることも、そのような遺言内容となった理由の一つらしい。

木下麻紀はこうも言っていた。最近になって弟たちが遺言内容の真偽を疑う発言をし始めた、どうやら自分のついた嘘に勘付いたのだろう、自分や父親に直接訊いても知らん顔をするのがわかっているから、彼らは外側から攻めようと考えているようだ、と。

中島弘道は退院後、自身の先は長くないと考え、公正証書遺言を作成していた。公正証書遺言とは、遺言者自身と二人以上の証人の立会いの下に、公証役場で公証人が遺言を作成するもので、遺言者が自分で作成する自筆証書遺言では生じやすい、形式の不備や内容の不明確、そして偽造や紛失など、相続の際のトラブルを未然に防ぐことが出来る。

証人として立ち会う人間には規定があり、未成年者や公証人の配偶者ならびに親族と公証役場の人間、そして相続人とその配偶者ならびに直系血族には、その資格がないとされている。ただし、適法な証人が別に二人いるのであれば、先の条件を満たしている無資格者たちも一緒に立ち会うことが出来る。

中島弘道の遺言作成に立ち会った証人は、全部で四人いた。まず、無資格者である木下麻紀と夫の義明がそこに名を連ねていた。残りの二人が、適法な証人である。

その内の一人は、中島弘道の経営するチャペルの司祭である、ルイ・ヴァンサンというフランス人の男だった。そしてもう一人が、殺害された松野庄司だったのである。

捜査本部は仮説を立てた。被害者は、中島弘道の作成した遺言書を巡る、中島家の遺産相続争いに巻き込まれたのではないか、と。

中島典明と中島茂好は、財産は姉弟で三等分だという木下麻紀の言葉を疑っていた。おそらくは、秘密裏に遺言書が作成されていたことを怪しく思ったのだろう。長女の言葉は間違いなく嘘だと考えた。彼らはその証拠を中島弘道に突き付け、遺言書の作成やり直しを訴えようとしていたのだろう。

彼らは、公正証書遺言の作成に立ち会った者ならば、その内容を知っているはずだと考えて接触を試みた。木下麻紀は言うまでもなく論外だった。外国人の神父では、何かと交渉がやりづらいだろう。そこで目を付けられたのが、木下義明と被害者だったのではないか。被害者はもちろんのこと、木下義明の行方がわからなくなっているのは、彼らとトラブルになったからではないのか。

木下麻紀と弟夫婦たちは、すこぶる不仲であった。彼らはつい最近行われた、彼女の息子、木下貴史の結婚式にも参列していなかった。招待状を送られていたにもかかわらず、それを拒否したのである。特に、長男中島典明の妻である中島由利《ゆり》は猛烈に彼女のことを嫌っており、犬猿の仲とされている。

どうして不仲なのか。捜査員が聞き込んだ中で最もよく耳にしたのは、木下麻紀の自己中心的で傲慢《ごうまん》な性格が原因である、ということだった。そのせいか、彼女は夫、木下義明とも上手くいっていないようであった。

元々あった姉弟の不仲が火種となり、遺産相続争いに飛び火して激しさを極めたということは、充分に考えられる。今後の捜査活動は、中島典明と中島茂好の事件当日のアリバイや、被害者や木下義明との接触の有無を調べることが中心となった。

捜査会議が終了すると、青山は眠い目を擦《こす》りながらコーヒーを口にした。昨夜は遅くまで、脳をフル回転させてある考え事をしていたのである。

「青山、ちょっと来いや」

本多の呼ぶ声に、青山は振り向いた。

「何ですか」

「ええから来いや。理由はそれからや」

有無を言わせぬ口調に、青山は渋々コーヒーカップを置いた。飲みながら行くと、本多はひどく怒るのである。以前、それで長々と説教をされた経験があった。

「コーヒータイムくらい、ゆっくり取らせて下さいよ」

皮肉のつもりだったが、本多の耳には入っていないようだった。

「さっき、木下運輸の坊ちゃんから報告があったで。会社の倉庫で保管しとる神港物産の輸入貨物から、やっぱり商品が何個かなくなっとるらしいわ」

「やっと調べよったんですか。えらい時間がかかりましたね」

「しゃあないわ。会社のトップが失踪して、その右腕やった社員が殺されたんや。業務を立て直すのに必死で、そんな暇がなかったんやろ」

「まっ、そうですけどね」

「ついでに言うとな、そのなくなっとる商品名と数量を、神港物産から預かった発注用紙と突き合わせてみたんや。これが見事に一致したわ」

おっ、と青山は目を輝かせた。

「決まりですね。防犯カメラの映像に残っとった木下義明は、配送車の鍵を取るために会社に行ったんですわ。消えた配送車に乗っていったのは木下義明で、その目的地は神港物産やった。まず間違いないんちゃいます?」

「まあな、実際には神港物産に立ち寄っとらんけどな。その前に失踪してもうた。どっかに用事があったのは間違いないやろう。おそらくは、時間のかかりそうな用事やったんやろう。間に合わへんかったらまずいさかい、神港物産にはそれを終わらせた足で寄るつもりやったんや。中島典明や中島茂好んとこに手がかりがあるかもしれんわな」

本多の発言した推測に、青山は頰をぴくりと動かした。

「実は、その件でお話があるのですが……」

「ちょっと待て、後で聞いたる。その前に説教や」

表情を歪める青山に、本多はぎろりと睨みを利かせた。

「お前、神港物産について何ぞ調べとるんやろう」

鋭いおっさんやな、と青山は心の内で苦笑する。

「何のことですか」

「あほう、知らばっくれるな」本多は唾を飛ばした。「木下運輸の坊ちゃんが妙なことを言うたんや。神港物産の輸入貨物の中身を調べさせてほしいという件、了解しました。明日お待ちしております、となしくそ、と青山は呟いた。

「一歩遅かったか……」

「何や、何ぞ言うたか」本多の眉が吊りあがる。

「いえ、何でもありません」

「どうやら、俺が木下運輸に行くことになっとるらしいけどな、俺の名前を使って何を企んどんや、捜査方針かて決定したやろう。お前は自分の任務を全うせえ。勝手な行動を取ることは許さん」

またも飛んでくる唾に、青山は顔をしかめた。

「まったく……」本多は深いため息をつく。「お前はただでさえ課長に目え付けられとんや。こんなんばれたら知らんで」

青山はうやうやしく頭を下げた。

「恩に着ます。もちろん、本多さんのところで止めといて下さるんですよね」

「今回だけや、今後は知らん。いつまでも責任持たれへんで。せやから、任務以外の行動は慎めて言うとるんや」

苦虫を嚙み潰したような顔をすると、本多は言った。

「お前は、神港物産の何が気になっとんや」

「さっき言いかけた、お話っちゅうのがそれです」

そう言うと、青山は目だけで辺りを見回し、声を潜めた。

「怒られる前に、先に謝っておきます、どうもすみませんでした。実は、今朝の会議で挙げなかった報告がありまして……」

「何やと」本多の頬骨が尖った。

「怒らんといて下さい。遺産相続争いの事案とは結び付かない情報ですわ。会議で報告したところで、課長以下の幹部連中にはスルーされるような内容です。そやから報告しなかったんです。裏が取れたらちゃんと報告しますわ」

「……言うてみい」

咳払いを一つすると、青山は言った。

「木下義明が神港物産に寄る前に用事のあった場所、それがつかめました」

本多の表情が訝るものになる。

「ほんまかいや」

「ほんまです。おそらく、その目的もつかめたと思います。そやから、その裏付けを取るために神港物産の貨物を調べたいんです」

「ただの推測ちゃうんかい」

「推測です。せやけど、俺は間違いないんやないかと思ってます」

じっと青山の瞳を見据えると、本多は犬が唸るような声を出した。

「そこまで言うからには、ごっつ説得力のある推測なんやろうな」

「もちろんです」

「言うてみいや」

青山は、昨日武田京子から得た情報を、自身の疑問や推論を交えて包み隠さず話した。本多は腕組みをしたまま微動だにせず、静かに耳を傾けている。

「——せやから、木下義明は神港物産への納品の前に、あのハーバー・チャーチっちゅうチャペルに寄ってたんです。神港物産に納品する商品に紛れ込ませて、何ぞ良からぬものをそこに持っていってたんです。それを武田京子に見られたくなかったんですわ」

「……密輸をしてたっちゅうことかいな」

「ずばり、ですわ」青山は目を光らせた。「神港物産の輸入申告書を作成している人物が、木下義明であることを確認しました。おそらく、税関に通す申告書では虚偽の報告をしてるんでしょう。倉庫から密輸品だけをチャペルに持っていくとなると、何ぼ社長や言うたかて会社の人間に怪しまれるでしょう。配送に行ったということは、納品先への納品書と受領書が存在しないとおかしいんです。そやから神港物産と取引を始めて、受注した正規品をその中に紛れ込ませた密輸品と一緒に配送車に載せ、その中から抜いた密輸品をチャペルで降ろし、正規品を神港物産に持っていくという方法を考えたわけです。これやったら、伝票も存在するから怪しまれんでしょう」

一息ついて本多の様子を窺ったが、本多は黙っていた。青山は続ける。

「もしかすると、神港物産の山崎社長は密輸にはまったく関係しておらず、利用されていたのかもしれません。木下義明が山崎大輔に海外品の輸入を勧めたんは、密輸の事実を隠すために、神港物産をチャペルへ繋がるトンネルに使うつもりやった可能性もあります。武田京子との密会は、社長である自分がわざわざ納品を行うという、山崎大輔に対する理由付けのためのような気がします。そして、この推測が正しかったとすると、窓口になっている人間はチャペルの司祭である、ルイ・ヴァンサンに違いないと思います。ルイ・ヴァンサンは、輸入先の海外の会社とのパイプ役を務めています。怪しいことこの上ないですわ。チャペルは月曜日が休みです、誰の目もありません。そやから、神港物産への配送は月曜日だけなんです。被害者は密輸の事実を知ったために、背後にある組織によって殺された、もしくは、密輸に加担していたが、仲間割れを起こして殺された、そんなとこやと思います。木下義明は、神港物産に寄る前のチャペルで、何らかのトラブルがあったために姿を消した。何でいつもより早い時間に行ったのかはわかりませんが、もしかすると、もう生きとらんかもしれません」

黙ったままの本多の目を、青山は強く見つめた。

「どうですか、説得力がありますかね」

「まあ……」と本多は腕組みを解いた。「あるっちゃある、ないこともない。そんな程度やな……」

青山はほくそ笑んだ。本多がそんな言い方をするときは、八割の確率で説得力を感じているはずだ。

「お願いです、神港物産の輸入貨物の中身を調べさせて下さい。木下運輸側の了解は取れています。あとは本多さんに目を瞑《つむ》って頂くだけです」

期待に反し、本多は首を横に振った。

「捜査っちゅうもんはな、推測が先やないんや。そんなもんは作り話の名探偵に任せておけばええ。俺らが使うんは頭よりも足や。足を棒にして拾ってきた情報が、いつしか真実を導き出すんや。それにな、捜査方針は決定しとる。与えられた任務を無視することは許されへん」

「木下の坊ちゃんのこれ見よがしの不審な態度とついた嘘、あれを覚えてますか。おそらくは、坊ちゃんは神港物産が事件に関係してると思うてたんでしょう。そやけど確信が持たれへんかったんですわ。あれは、俺ら警察に神港物産のことを調べてくれ、っちゅうサインやったんちゃいます？」

この言葉に、本多の瞳が揺れ動いた。が、心までは動かせなかった。

「勘弁せえ、諦めろや」

「一生のお願いです」

「あほう、お前の一生は聞き飽きたわ。それにな、部下の捜査任務無視を容認したのが課長にばれてみいや。処分されんのは俺や。お前は俺の出世まで妨げるつもりかいや」

しゃあないな、と青山は奥の手を使うことにした。

「出世と父親としての信用、どっちが大切ですか」

「いきなり何を言うとんや、わけのわからんことを言うな」

本多の耳に顔を寄せ、青山は囁いた。

「聞きましたよ。娘を心配するあまり、娘さんを尾行したそうやないですか。おまけに風呂まで……」

ぼっ、と本多の顔が燃え上がった。

「な、何や、何でお前……誰にも言うてへんのに……」

言葉を詰まらす本多に、青山はにやりと笑った。

「本多さん、娘さんがそれを聞いたら、どない思うでしょうね」

「……お前、まさか……かまかけたんか」

「すみません、謝ります。堪忍して下さい」

「俺を強請《ゆす》るつもりかいや」

「そうは言ってません。ただ、思春期の娘を持つ父親は大変だろうなと」

本多はがっくりと頭を垂れた。坊主頭から透けて見える頭頂部の血管が、ミミズがうねるように波打っている。しばらくの後、らしからぬ弱々しい声が漏れた。

「……わかったわ、好きにせえ……」

「ありがとうございます。このご恩は決して無駄にしません」

青山は、そう言って機敏に敬礼をした。

「ただし、俺も同行するからな」

「あ……さいでっか」

ピンと伸ばした青山の右手が、ふにゃりと崩れ落ちた。


（下巻に続く）

この作品は、二〇〇八年一月に小社より単行本として刊行されたものです。
この物語はフィクションです。実在する人物、団体等とは一切関係ありません。

宝島社
文庫

禁断のパンダ（上）（きんだんのぱんだ・じょう）

2009年10月20日　第1刷発行
2022年 2 月 1 日　第3刷発行

著　者　拓未 司
発行人　蓮見清一
発行所　株式会社 宝島社
〒102-8388　東京都千代田区一番町25番地
電話：営業 03(3234)4621／編集 03(3239)0599
https://tkj.jp
組　版　株式会社明昌堂
印刷・製本　中央精版印刷株式会社

乱丁・落丁本はお取り替えいたします

First published 2008 by Takarajimasha, Inc.
ISBN 978-4-7966-7390-7